U0532103

烈焰焚币
Plata quemada / Ricardo Piglia

[阿根廷] 里卡多·皮格利亚 / 著
吴娴敏 / 译

上海译文出版社

献给赫拉尔多·甘迪尼*

* 赫拉尔多·甘迪尼（1936—2013），阿根廷音乐家，曾与作者合作将其作品改编成音乐剧。

抢银行的罪恶和开银行相比又算什么?

——贝托尔特·布莱希特《三毛钱歌剧》

一

　　大家管他们叫"双胞胎",因为他们形影不离。但他们并不是兄弟,长得也不像。你甚至很难找到如此迥异的两个家伙。但他们看东西的样子有点像——眼神清澈,安静,目光多疑却迷茫得很。胖的叫多尔达,他很文静,红润的脸上挂着微笑;瘦的叫布里尼内,机灵又敏捷,他黑头发,皮肤十分苍白,仿佛在监狱里待了比实际上更长的时间似的。

　　他们从布尔内斯地铁站出来后,在一家照相馆的玻璃橱窗前驻足,因为要确保自己未被跟踪。这两人显眼又夸张,看上去像一对拳击手,抑或是殡葬公司的雇员。他们衣着很高雅,深色双排扣西装,短发,双手也保养得相当好。这是个安静的下午,是春日里无数干净的下午之一,有着白色透明的阳光。人们离开办公室赶回家,一派全神贯注的氛围。

　　他们等红绿灯,然后横跨圣菲大道到了阿勒纳雷斯街。之前,他们从宪法站坐地铁,沿途换了好几趟车,一路上都监视着以确保无人跟踪。多尔达迷信,他总看到坏兆头,还用一堆猜测给自己添麻烦。他喜欢坐地铁,喜欢在站台和隧道的黄色灯光中穿行,喜欢跳进空荡荡的车厢里,任由列车带走。身处险境时(好吧,他一直都身处险境),他认为在城市的内脏中旅行带给他安全感和一种保护,让他能轻易地摆脱那些侦探。他会在空旷的站台上不停行走,直到列车开走,确认自己是安全的。

布里尼内试图让他冷静下来。

"会好起来的,一切都在控制范围内。"

"我不喜欢有这么多人掺和进来。"

"如果要出事,哪怕一个人都没有,它照样会发生。你要是得了疟疾,谁都救不了你。你停下买包香烟,有一分钟的疏忽,就完了。"

"那他们为什么要现在让我们集合呢?"

抢劫这件事,首先要制订计划,然后应该迅速行动以防泄密。迅速,指的是获得第一手消息和在国外找到临时落脚点之间的两三天时间。代价总是有的,要花钱,还得冒交易人把信息同时卖给其他团伙的风险。

"双胞胎"要去的中转站在阿勒纳雷斯街的一间房子里。那是个干净的地方,在一个安全的街区里,正对着通往啤酒厂的那条死胡同。他们租下这里作为指挥中心来组织行动。

"这地方就是嫖客区里的妓院,在巢穴里能做的只有打抓四K①和等待。"马利托雇用他们的时候就这么说过。"双胞胎"是动武的,行动靠他们。而马利托拿他们来赌,他把一切信息都给了他们。不过,他从不信任别人,千真万确,马利托对安全措施、控制的处理都很小心。这个病态的人从不让别人看见他,他是远程操作的隐身人和神奇大脑,他的路线、接头人和联系方式都很奇怪。"马拉②是疯子。"一如"疯子"多尔达所言,因为他就叫马利托,这是他的姓氏③。他在得沃托认识了一个叫维尔多戈④的老头,这更糟糕。维尔多戈、艾斯克拉佛⑤,还有一个叫德拉托尔⑥,和这些姓氏比起来,还是马利托好。其他人都有绰号(布里尼内是"小男孩",多尔达是"金毛高乔人"),但马利托的假名还是叫马利托。他脸如耗子,一对小眼睛和鼻子贴在一块儿,几乎没有下巴,头发染过色,面目十分安详,一双女人般的手,聪明绝顶。他了解引擎,也了解枪支,动动手指就能在两分钟之内装好一枚炸弹;他调钟表,在瓶子里装硝基,闭着眼睛就能完成一切,如盲人一般熟练。他的手仿佛在弹钢琴,却能把一座警察局掀翻。

马利托是头儿,他制订计划,联系政客和警察让他们

---

① 一种起源于意大利的扑克牌游戏。
② 原文马利托(Malito)是马拉(Mala)的指小词。
③ 西班牙语意为"坏小子"。
④ 西班牙语意为"刽子手"。
⑤ 西班牙语意为"奴隶"。
⑥ 西班牙语意为"告密者"。

提供资料、地图、细节，而他也得交出一半的钱给那些人。这桩交易牵涉了很多人，但马利托认为他们有十到十二个小时的优势，能搞定分赃，然后拿着所有现金溜到乌拉圭去。

这天下午，他们有两组人。"双胞胎"去阿勒纳雷斯街的房子里把行动步骤仔细过一遍。与此同时，马利托在他们要抢劫的地方正对面的酒店里租了一间房。从酒店房间里看得见圣费尔南多广场和布省银行①的大楼，他试着想象所有的步骤，行动时机、逆向车道和路况。

银行司库的伊卡②吉普车当时沿顺时针方向朝左面行驶，他们本该在车进入市政府大门前从正面将其拦下。但迫于车行驶的方向，他们只能绕着广场开一圈，然后半路拦截对方。司机和所有警卫将会在发现这个意外攻击后进行防卫。必须在此之前杀掉他们。

有些目击者确信在酒店里看到了马利托和一个女人，但另一些人说，只见到两个男人，并无女性。两人中有个神色紧张的瘦子，时不时要给自己来上一针，那是"罗圈腿"巴赞，事实上那天下午，是他和马利托一起，待在圣费尔南多广场的酒店房间里从窗口监视着对街银行里的一举一动。劫案发生后警方去那里搜查，在浴室里找到了几

---

① 即布宜诺斯艾利斯省银行。
② 伊卡（IKA）是阿根廷汽车公司阿根廷恺撒工业公司（1956—1970）的缩写。

个注射器、一把勺子和一些被丢弃的玻璃瓶。警方怀疑"罗圈腿"就是去楼下酒吧要了酒精灯的那个年轻人。目击者们的口供互相矛盾，一如往常，但所有人都说那年轻人长得像个演员，眼神迷茫。由此，大家推断从劫案发生前便已注射了海洛因的人就是他，去要火是为了给毒品加热。目击者们立刻开始称其为"那个家伙"，之后他们又把巴赞和布里尼内搞混了，很多人信誓旦旦地说他们其实是同一个人，就是大家所说的"那个家伙"。那个神色十分紧张的瘦子左手拿枪，枪管朝天，仿佛是个警察在放枪。在那种情况下，人们会觉得这人激动得热血沸腾却又神志不清，因为这举动着实让人又明白又疑惑。还有一些人看到一辆车横在吉普车前，听到一声巨响，看到一个家伙在死前直蹬腿。

他们大概计划过，劫案发生后如果无法脱身，就躲在酒店里。能够肯定的是，当时有两个家伙在酒店里操纵着劫案，另外三个人是开着一辆"事先安排好的"雪佛兰400轿车来的——所有的版本都这么描述。那辆车快得像子弹一样，坏蛋里大概有机械师，他大大地改进了轿车的性能，使发动机转速超过了五千。

圣费尔南多是布宜诺斯艾利斯郊区的住宅区，这里的街道很安静，绿树成荫，有很多二十世纪初建成的大宅，其中有部分被改建成了学校，而面朝河的峡谷中则有一些都被遗弃了。

春日的白色阳光中，广场仿佛静止了。

作案的前一天，马利托和"罗圈腿"巴赞在酒店里度过了下午和晚上的时光，而其余的人则待在阿勒纳雷斯街的房子里。此前，他们已经在省内找到一辆车，藏在地下仓库里。然后他们顺着外部楼梯，把工具和铁杆一起带上楼，之后就一直待在房间里，把百叶窗都拉下，一边等候指令，一边打发时间。

作案前一天的时候，一切都已准备妥当，只差上街扣动扳机，但这个时间往往是最糟的，因为人眼会变得有超能力，看得到幻象，随便什么事情都仿佛是不祥之兆，觉得会被人察觉不对劲的行为，然后被通报给警方，待你一抵达现场，一场伏击已经准备就绪。所以，如果有人"起了疑心"（这是多尔达说的），就该把所有东西都收拾起来，重新着手准备，等到下个月再议。

运钞的时间是每月二十八日下午三点，现金从布省银行被转移到政府大楼里。车子里装着将近六十万美金，沿着街区转了一圈，随广场上的指示线从右往左开。从他们带着钱出现在银行门口，把钱放进吉普车，直到从后门驶入市政府大楼，一共是七分钟时间。

"兄弟，我跟你说，""小男孩"布里尼内对多尔达笑道，"你可从来没做过这么'科学'的事情，这一次，一切都在我们的掌握之中。"

多尔达怀疑地看了看他，然后拿起瓶子喝了口啤酒。

他躺在沙发上，穿着长袖外套，没穿鞋，面对着无声的电视机发出的光，在朝向阿勒纳雷斯街的起居室里。房子很安静，是崭新的，非常干净，资料摆放得十分整齐。这是团伙里的司机——"乌鸦"梅勒雷斯租下的，他说这是为他的"女朋友"准备的，而街区里所有人都以为梅勒雷斯是来自布宜诺斯艾利斯省的农场主，要供养女友及其家人。现在他女朋友的家人去银海市①度假了，于是这房子就成了马利托口中的行动基地。

那天晚上，他们必须小心行事，不能让别人看见，不和人交谈，必须安安静静的。大楼地下二层有一部电话机，他们每隔两三个小时就去那里和圣费尔南多的酒店房间联系。马利托之前对他们说过："你们得用仓库里的电话机，别用房间里那部打电话。"

马利托执著于很多事情，电话算是一件。据他说，城市里的所有电话机都被动了手脚。不过他也执著于其他事情，"马拉是疯子。"一如"疯子"多尔达所言。他见不了阳光，见不了许多人聚集在一块儿，成天都在用纯酒精洗手，他喜欢酒精在皮肤上留下的清爽和干燥感。有人说，他的父亲是医生，而医生们探视完后都用酒精洗手，一直清洁到手肘，所以这便也成了他的习惯。

"所有的细菌，"马利托解释道，"都是通过手和指甲传

---

① 银海市又音译为马德普拉塔，是阿根廷著名海滨度假胜地。

播的，假如没人握手的话，这世界的死亡人数会减少十分之一，那些人都是被寄生虫害死的。"

死于暴力的人数（根据他的说法）还不到死于传染病人数的一半，却没人把医生抓去坐牢（马利托笑了）。有时候，他会想象，为了避免疾病和接触，街上的女人和孩子们都戴着橡胶手套和防菌口罩，所有人都蒙面的样子。

马利托来自罗萨里奥市，学了四年工程学，有时候他让人管他叫工程师，不过暗地里大家都叫他"条纹人儿"。他的疯狂，源自他身上的印记，比如被打后留下的伤痕——那是在图尔德拉地区警局里，一个粗暴的警察用铁床板干的。有天晚上，马利托开车找到了他，在巴雷拉，那家伙正从公共汽车上下来。马利托在一条水沟里把那家伙淹死了，他让他下跪，然后把他的头按在泥巴里，听说还脱掉他的裤子，强暴了他，而那警察的脑袋被按在水中，身体不断晃动。这是听说的，没人知道真假。这个面目和善的家伙，马利托，有胆量，还有点狡猾。这世上很少有像他一样的人，他总能让别人自发地按他的意愿办事。

另一方面，也没人见过像马利托这么幸运的人，他拥有专属的神，拥有一道完美的光环，让所有人都想与他共事。因此，他在两天之内就计划好了圣费尔南多市运钞车的劫案。那可是个大案子，不是小事儿（"罗圈腿"巴赞说的），起码有五十万。

那时候，阿勒纳雷斯街的房子车库里，有部电话机放在一个木箱子中，劫案前一夜，他们就用那部电话和马利托联系。

马利托设想的劫案好比一场军事行动，他给同伙们下达了严格的指示，现在他们最后一遍核对抢劫方案。

"乌鸦"梅勒雷斯是个双眼外凸的瘦子，他拿着广场的平面图，将最主要的细节一一明确。

"我们有四分钟时间，车从银行出来以后，得在这儿掉头往广场开，对吗？"

线人是位探戈歌手，名叫丰坦·雷耶斯，是当天最后一个到达阿勒纳雷斯街这处私人住所的，他面容苍白，神色紧张地侧坐着。"乌鸦"提完问题后，所有人都一言不发地看着他。随后，雷耶斯起身走到桌子旁边。

"车开过来的时候，是开着窗的。"他说道。

下午三点十分的圣费尔南多广场，光线应该很亮。用于支付工资的钱款离开银行后，便会被送往两百米外的市政府。由于车流方向的原因，运钞车得绕着广场开一圈。

"平均来讲，取决于不同的交通状况，这得花七到十分钟时间。"

"有几个押送的？""小男孩"问道。

"这里和这里有两个警察，还有一个在车上，一共三个人。"

雷耶斯很紧张，他实际上害怕得要命（根据他后来所做的声明）。丰坦·雷耶斯是艺名，他的真名叫埃提·欧马·诺西多,时年三十九岁。他在胡安·桑切斯·戈里奥的乐团里做歌手,上过电台和电视节目,甚至有两首歌被录成了唱片——《这饮酒的夜晚》和《疯狂之夜》,给他伴奏的是钢琴家奥斯瓦尔多·曼兹。他最辉煌的时刻是一九六〇年的狂欢节,当时他初次登台,和艾克多·巴雷拉共同演唱,他们被并称为阿根蒂诺·莱德斯马①的继任者。不久后他就染上了毒品,六月他去智利和劳尔·拉维耶成立了一支二重唱组合,但一个月后,他的嗓子就报废了,声音变得嘶哑。可卡因吸多了,所有人都这么看。可以肯定的是,他后来不得不返回阿根廷,还得了疟疾,沦落到在阿尔马格罗的一家餐厅里弹吉他唱歌。最近他还在节日活动、俱乐部舞会上跑跑龙套,在大布宜诺斯艾利斯地区来回奔波。

运气是个怪东西,恰恰在没人抱有期待的时刻降临。一天晚上,有人在酒吧里找到他,给了他一些信息,然后他像做梦似的得知了一场巨额金钱交易。他明白自己能分到一笔大钱,便加入了这场游戏。他给马利托打了电话。丰坦·雷耶斯想全身而退,但那个下午,他觉得自己被困在了阿勒纳雷斯街的那间房子里,不知如何才能离开。这个探戈歌手很害怕,什么都怕(尤其是他说的,害怕"高乔人"多尔达,他是个疯子,是个低能),怕那些人在把应

---

① 阿根蒂诺·莱德斯马(1928—2004),阿根廷探戈歌手。

得的钱给他之前就杀了他,怕他们出卖他,怕自己是个傻子被警察利用了。他很绝望,想摆脱这糟糕的处境。他幻想着改变生活,拿了钱以后远走高飞,在另一个地方重新开始(换个名字,换个国家)。他想用这笔钱在纽约开一家阿根廷餐厅,招待拉丁裔顾客。他有一次和胡安·桑切斯·戈里奥一起去曼哈顿,两人在西五十三街的查理餐厅受到赞誉,那家餐厅是一个古巴人开的,他发疯似的爱着探戈。雷耶斯需要钱去那里安顿下来,那个古巴人曾保证,如果他带着钱去纽约,就会帮助他,但事情越来越危险了,因为他不得不和这伙人搅和在一起,他们就像群疯子,一直都像是吸了毒的样子。这群人取笑一切事物,并且从不睡觉。讨人厌的家伙们,杀人犯,他们因为喜欢杀人而杀人,不能信任他们。

他的叔叔尼诺·诺西多,是没落的贝隆主义在北部地区的领军人物、人民联盟党的领导人、圣费尔南多市审议委员会的代主席。恰好在前几天,他的叔叔参加了财政委员会的会议,于是得知了一切。那天晚上,他去了塞拉诺街和洪都拉斯街交界处的那家寒酸的酒吧听侄子唱歌,喝到第二瓶的时候,他开始吹嘘起来:"丰坦……那起码有五百万呢。"

他们得找到一帮完全信得过的人,一群能负责行动的职业罪犯。雷耶斯必须确保他叔叔的身份隐蔽。

"谁都不能知道我掺和了这件事,谁都不能。"诺西多说道。他也不想知道谁会去执行任务，他只想拿到一半的一半，也就是说，（根据他自己的计算）他想净得七万五千美金。

抢劫后，丰坦·雷耶斯应该在马丁内斯大街的一幢房子里等他们，然后一起立刻逃走。他们算过，半个小时内就能搞定。

"如果半小时内我们没到的话，""乌鸦"梅勒雷斯说，"就说明我们要去第二个监视点。"

丰坦·雷耶斯不知道第二个监视点在哪里，也不知道这个词是什么意思。马利托是从南多·埃吉林那里学到这一套的，那人曾是民族主义解放联盟的成员，马利托被关进塞拉契卡的监狱后马上就和他成了朋友。有了这种蜂窝式的结构，就不会节节败退，你就有时间逃了（这是南多说的）。无论什么时候，都应该隐蔽地撤退。

"然后呢？"丰坦·雷耶斯说，"如果你们没去那里呢？"

"然后，""金毛高乔人"说，"你去躲啊，臭屎。"

"意思就是出事了。"梅勒雷斯说道。

丰坦·雷耶斯看着桌上的那堆武器，头一回意识到，这一切都像丢硬币似的。在那之前，他给一些朋友的肮脏交易做过掩护。他曾把抢劫犯朋友藏在自己在奥利沃斯市的家里，携带过毒品去蒙得维的亚，还在酒吧里卖过可卡因，但这次是迥然不同的。这一次，有金钱，也会有人丧命，他是直接参与了的帮凶。当然，为了捞一笔，他得冒险。

"最起码,"他叔叔告诉过他,"每个人能拿到一百万比索。"

一万美金够他在纽约开店,他要在那里退隐过平静的生活。

"你今天晚上有地方去吗?"梅勒雷斯问道,吓了丰坦·雷耶斯一跳。

他要在一个无人知晓的地方等他们,还要给他们打电话。

"行动应该持续六分钟,""小男孩"坚持道,"超过就很危险了,因为那里二十个街区范围内有两个警察局。"

"关键是,"丰坦·雷耶斯说道,"不能有人渗透。"

"你说起话来像个水管工。"多尔达说。

这时候门开了,一个金发女孩走进房间,她年纪很小,穿着迷你裙和印花衬衫,没穿鞋,她拥抱了梅勒雷斯。

"你有货吗,亲爱的?"她说道。

梅勒雷斯递给她一片玻璃,上面有可卡因。那女孩走到一旁,用刀片在玻璃上捣弄起来,然后一边用打火机加热可卡因,一边哼唱着保罗·麦卡特尼的《昨日》。她把一张五十比索的纸币卷成圆锥形,放进鼻子里吸了一口,发出一声轻微的鼾响。多尔达偷偷看了她一眼,发现这个姑娘没有穿胸衣,能看见浅色衬衫里的乳房。

"平均来讲,这得花十分钟时间,取决于不同的交通状况。"

"有两个押送的,还有一个警察。"布里尼内朗诵着。

"应该把他们都杀掉,"多尔达突然说道,"你要是留下人证,会被送进监狱的,因为他们都是蠢蛋。"

这姑娘的人生是突然被改变的,从那以后就过上了乱七八糟的生活,并笃信那样的机会不可能会有第二次。她名叫布兰卡·加莱亚诺,一月的时候,她只身去银海市旅行,目的是拜访一位朋友以及庆祝自己于十二月通过了中学三年级的考试。一天下午,她在海边的长廊上认识了梅勒雷斯,瘦削优雅的男人当时住在省际酒店里。梅勒雷斯自称是来自布宜诺斯艾利斯省的农场主的儿子,布兰卡相信了。她当时刚满十五岁,而当她得知"乌鸦"梅勒雷斯的身份和职业的时候,她已经无所谓了。(相反,她更喜欢他了,对于这个把她放在礼物堆里并满足她所有口味的枪手,她痴迷得像个疯子。)

她开始和他同居,同伙们看着她的眼神就像饿狗一般。以前有人见过某个牧场里有群十分饥饿的狗,被拴在一条链子上,见到会动的东西就猛扑上去缠作一团,而现在这群家伙之间就给人此番印象——如果梅勒雷斯把他们松开,他们就会扑上前去。或许,他们早晚会出事的。当她穿着高跟鞋,赤裸着走过的时候,梅勒雷斯就会想象他们注视着她的样子。随后,在梅勒雷斯的煽动下,她和"小男孩"睡在了一起。你希望我带他一起来吗?堕落的人对她说道,布兰卡也被激起了欲望。她喜欢那个深色头发的家伙，他太苍白了，看上去与她年龄相当。不过，他是同性恋者（根据"乌鸦"的说法）。或者，你喜欢那个人高马大的家伙，梅勒雷斯对她说，要知道他可是个鲁莽的高乔人，"小女孩"笑了，他把她抱到身上。"我想要，"她说道，"亲爱的。"她赤身裸体，穿着高跟鞋走来走去，他让她对着镜子，她则靠在脚凳上，任他随心所欲。

她不想知道他们在计划什么事情，便回了房间。他们在暗中策划一件费力的事情（因为每当他们聚在一起低声说话而且好几天不出门的时候，他们总是在暗中策划着什么）。布兰卡得去学习，她还差两门学科，而且她想把中学读完。她打算和梅勒雷斯待上几个月，就像度假一样，之后一切都会变回原样。"趁现在你还年轻。"她的母亲说过，那时候她刚开始带钱给她。她的父亲，安东尼奥·加莱亚诺，活得浑浑噩噩，一无所知。他在自来水厂工作，那大楼宛如一座宫殿，位于里奥班巴街和科尔多瓦大道的交界处。把布兰卡变坏的人其实是她妈妈，她总是在抱怨她的父亲，说他赚的钱只够将就过日子，所以她一知道这些事情便开始与女儿独处，让她一五一十地讲述。女儿们总按照母亲的意愿行事。当她的母亲见到梅勒雷斯的时候，她感觉到"乌鸦"那双堕落的眼睛正盯着自己的胸部，便笑了起来。女孩看着她，意识到自己也会吃母亲的醋。"你们看上去像姐妹，"梅勒雷斯说道，"请允许我给您一个吻。"

"当然，亲爱的，"她的母亲说道，"你得替我照顾好布

15

兰卡，要是她的父亲知道的话……"

"知道什么？"

知道他已婚。他已婚，已分居，成天和歌舞厅里找来的廉价黑女人待在一起。

"小女孩"拿着一本数学书躺在床上，开始漫无目的地乱想。梅勒雷斯曾经许诺要带她去巴西看狂欢节。在房门的另一边，他们低声说着话，什么也听不见，过了一会儿她听到笑声。

多尔达看起来已经吸多了，他是个失败主义者，消极地看待一切，而且他讲的笑话都糟透了，结果是大家都拿他当消遣。

"他们会在广场出口堵住我们的，我们就上当了，然后他们会像杀小鸟一样弄死我们的。"

"别说倒霉话，'高乔人'，""乌鸦"说，"开车的是老子，老子会躲开警察把你从路边捞上车的。"

多尔达笑了起来，轿车在枪声和尸体中一路逆行驶入广场的画面让他觉得很好笑。

二

劫案发生那天的黎明干净而清澈。一九六五年九月二十七日，星期三，下午三点零二分，司库阿尔韦托·马丁内斯·托瓦尔走进了布宜诺斯艾利斯省银行分行的金库。这个高个儿的家伙脸颊发红，双眼外凸，前一阵刚过完四十岁生日，还能活两个小时。他和会计姑娘们开了会儿玩笑，便走向了地下室，那里有几只保险柜，还有一张放着钱袋的黑色桌子。银行雇员们戴着袖套，在灯光下和着电风扇的噪音点钞。地下坟墓，装满钱的监狱，司库心想。他一辈子都待在圣费尔南多市，父亲也在市政府里工作。他的女儿有神经问题，照顾她得花一笔大钱。他经常想，每个月拿到钱时，都可以把钱抢走，他甚至和妻子谈起过这些。

有时候，他觉得应该带个装满假钞的公文箱来调包，然后平静地离开。他得和出纳员一起安排这事儿，他们是童年玩伴。两人把钱平分，然后继续照常生活，钱是要留给子女们的。他们设想过把钱藏在橱柜的暗屉里，用化名把钱投资在瑞士银行里，把钱藏在床垫里——夜晚失眠时，辗转反侧间都能听到钱在吱吱作响。那些晚上，当他睡不着的时候便会对妻子讲述如何改变生活，他在一片漆黑中说话，倾听的人被征服了。就是这么一个想法支撑着他活下去，为他月复一月的运钞工作增添一定的探险精神和个人兴趣。

那天下午，这个戴着绿色鸭舌帽的银行雇员把公文箱放在桌上，看了看已经签字敲章的支付票据，开始以一万比索为单位一摞摞分钱。这堆钱——七百二十五万三千九百六十比索，是用于支付市政府公务员薪水和排水工程费用的。他们陆续把一捆捆崭新的纸币放进黑色牛皮公文箱，箱子有折叠层和侧袋，已被用得很旧。

离开银行前，马丁内斯·托瓦尔遵循安保措施，把箱子和左手腕用一条细链锁在了一起。事后有人说，这一无用的防御措施，让他付出了那个下场所要付出的代价。

他刚走到街上的时候，什么都没发现；劫案发生前的时刻，谁都没看到异常情况。突然刮起一阵风，这家伙就倒地不起了，头部被钝器袭击，对所发生的事情全然不知。人之所以觉得某些动静可疑，是因为之前碰到过某些事情让他受了惊吓，现在会想象这事情要再度发生。

马丁内斯·托瓦尔张望了一下，像往常一样视而不见——推着小购物车的女人、和狗一起跑步的男孩、午睡后开店门的杂货铺老板。但他没有看见在酒吧里望风的"罗圈腿"，他靠橱窗站着，边喝着杜松子酒，边打量着旁边店铺里走出的孕妇的双腿。"罗圈腿"迷恋怀孕的女人，他想起自己当新兵时交往过的那个女人，在萨维德拉区的一幢房子里，当她丈夫在办公室里的时候。他在地铁里挑逗了她，因为他给她让了座位，那位太太便开始和他交谈致谢。她和"罗圈腿"同龄，二十岁，怀孕已经六个月。她皮肤紧绷，仿佛是透明的，他得用奇怪的体位才能和她做爱，他把一条腿支在床上，她回过头来对他微笑。回忆那个萨维德拉区的女人让他无法集中精神，她名叫格拉谢拉，或者朵拉，但他随即又紧张起来，因为他看到那个家伙提着公文箱和钱走出了银行。他看了看手表。定时很精确。

两名负责押运的警察正在人行道上聊天，还有一名市政府的雇员——阿夫拉姆·史派托，这个体形笨重的家伙正靠着伊卡吉普车的挡板，费力地系着鞋带。广场上很平静，一切都很安静。

"你好吗，胖家伙？"司库说道，他和保安们打完招呼后便上了车。

押送的警察坐在后座，一副没睡醒的样子，看起来不太好相处，武器就放在腿上，曾经的宪兵，昔日的神枪手，退伍的军士，这群人照看的总是别人的钱、别人的女人、进口车、大宅院，他们是忠犬，可以完全信任，他们是斗士，随时准备捍卫使命，他们一个名叫胡安·何塞·巴拉科，六十岁，曾是一位警察局长；另一个是圣费尔南多第一警察局的警察，十八岁的大块头，叫弗朗西斯科·奥特罗，因为他想成为拳击手，所以大家管他叫林格·博纳维纳[1]，他每天晚上都要在探险家足球队的健身房里和一个日本人一起训练，后者保证会把他打造成阿根廷冠军。

从（一个拐角处的）银行到（另一个拐角处的）市政府得有两百米距离。

"我们有点儿晚了。"史派托说道。

司库启动了引擎，车沿着二月三日大街前进，到了拐角处掉头的时候，突然传来轮胎摩擦沥青马路的噪音，以及加速的引擎声。

有一辆车迎面朝他们开来，仿佛漫无目的却突然停了下来。

"这个疯子想干什么呀！"马丁内斯·托瓦尔说道，他还觉得有点好笑。

有两个人跳到马路中央，其中一个把丝袜套到头上（根据证人们所说）。他拿着一把剪刀，用手指尖扯起已经戴好的丝袜，然后在和眼睛同高的地方剪了两个洞。

大块头史派托看上去很无助，他身穿条纹T恤，T恤已经被汗水沾湿。吉普车上的四个人里，他是唯一的幸存者。他躺在地上，有人从他上方开了一枪，但子弹打到了他的不锈钢怀表盖上，被弹开了——真是个奇迹（那是他

---

[1] 林格·博纳维纳，阿根廷著名拳击运动员。

父亲的怀表)。当时他坐在银行门口,呼吸困难地看着奔走的人们和来往的救护车。记者们把这地方围了起来,警察把街道封锁了。一辆巡逻车停了下来,警察席尔瓦下了车,他是大布宜诺斯艾利斯北区的警察局长,当时是行动负责人。他从车上下来,穿着便服,左手拿着手枪,右手拿着对讲机,里面传来的是各种指令和数字。他走向了史派托。

"你跟我来。"他说。

史派托犹豫了一会儿,惊恐地慢慢起身,一路跟着他。

证人被展示了很多照片,上面有劫匪、枪手以及其他可能参与这场劫案的黑道人士。由于太过混乱,证人未能指认出任何一张面孔(根据报纸报道)。

轿车朝他们驶来的时候,史派托看到政府大楼上的钟显示十五点十一分。

一个穿着西装的高个子从车上下来,双手像拉下窗帘似的把丝袜套在头上,随后俯身从轿车座位上拿出一把枪。他的脸就像一块蜂蜡,上面盖满了蜜蜂,这让他的呼吸声沉重得好似一只风箱在响,说话声音断断续续,很不真切。他看上去像个木玩偶,像鬼。

"我们上吧,'小男孩'。"多尔达边说话边喘气,仿佛窒息了一般。然后他对开车的人说道:"我们马上就回来……"梅勒雷斯开始加速,引擎蓄势待发,这辆雪佛兰装配了越野车的引擎、八个火花塞、低矮底盘,轰鸣声打破了午休时分圣费尔南多市政广场上的宁静。

"小男孩"摸了摸圣母吊牌祈祷好运，随后便冲上街去。他外表瘦弱，又吸了很多毒，看上去像个病人，像个肺结核患者——别的劫匪以前就这么叫他，但当一名警卫开始移动的时候，他双手紧握贝雷塔点四五口径手枪朝对方脸上开了枪。子弹的声音不清脆也不真实，像是一根树枝被折断的声音。

多尔达脸上套着女式丝袜，张嘴透过丝袜的孔隙呼吸。他看到有个人从吉普车的一边下来，便开始射击。

两个在广场长椅上晒太阳的老人和对面酒吧里一个在桌边看报纸的教友看见了车上的三个人，他们目睹了其中两人，从这辆布宜诺斯艾利斯省车牌号的雪佛兰400轿车里下来，手里拿着武器。

他们看上去很愤怒，仿佛和全世界有仇，他们挥舞着枪支在空中扫出半圆形，慢慢向吉普车走去。那个高个子（根据证人们所说）头上套着女式丝袜，但另一个却露着脸，那是个有着天使面容的瘦子，所有的证人都开始称呼他为"那个孩子"。他下了车，笑了笑，随后用枪瞄准吉普车后部扫射。

有个在广场上晒太阳的退休老人看见了尸体在车座上弹跳的场面，以及玻璃车窗上的血迹。"枪声停下的时候，那个胖家伙还活着，"一个老人表示，"他想开门逃跑，然后看见那个头戴丝袜的家伙正从马路中间朝车子走去，就躺在了地上。"胖子史派托脸朝天躺在地上，他的块头真大。

他想过好几次，他们会杀他。他记得那个皮肤黝黑的家伙用嘲讽的眼神打量了他，史派托紧闭双眼，准备赴死，但他感觉到胸口一记重击，是他父亲留下的不锈钢怀表救了他。

他看到了两名劫匪，两名身着蓝色西装的男人，他们留着军人的发型，非常短。枪响停止以后，他便跑去银行求救。

现在他十分紧张，因为害怕警察指控他是内应。

"你从近处看到了劫匪。"

这不是一个问句，但史派托还是答了。

"一个深色头发，另一个是金发，两个都是年轻人，留着军人的发型。"

"描述一下。"

他描述了一下，他说的是"罗圈腿"巴赞。

"他在酒吧里，然后穿过广场，手里还拿着一把手枪。"

"也就是说，一个开车的，一个脸上套着丝袜的，一个金发的，还有一个人。"

史派托顺从地点了点头，如果他们说是四个人，他就得确认是四个人。

那个用丝袜罩住脸的家伙安静地在街上走动，他好像在笑，但也可能是在做鬼脸，被脑袋上那个带蝴蝶结的丝质面具给勒的。马丁内斯·托瓦尔受伤了，倒在地上，弓着身子，向左边侧躺，公文箱连着他的手腕，他没看见"小男孩"用鹦鹉嘴钳弄断了铁链，拿走了装着钱的箱子，继而在向后走的时候朝他的胸口开了一枪。也没看见脸被罩住的"高乔人"对着警察的颈部开枪，终结了对方的生命。

把他杀了是因为"高乔人"多尔达觉得就该如此，而非因为警察的存在象征着威胁。他杀人是因为全世界他最恨的就是警察，而且在他的非理性思维中，每个他杀掉的警察都不会有后继者。他所设定的是"又少了一个"，好比在削弱地方军队的力量，仿佛对方无法换员。假如他一直不厌其烦地杀警察，就像猎杀麻雀那样，那些想成为警察的蠢货在从事这个刽子手职业前都会三思，因为他们会害怕当警察，所以（他总结道）警察的队伍会越来越小。他就是这么想的，但思维模式更混乱，也更抒情，仿佛是在做一个用散弹枪清除警察的美梦，笼统地说，这是"高乔人"与警察局之间的个人战争。

如此杀人，冷酷无情，因为就该如此，（对于警察而言）倒是意味着这群人并没有遵守那些警察与匪帮之间不成文的隐性条约，意味着这群人心怀恶意，是一群笨蛋，有前科，阴险狡诈，没有把整个布宜诺斯艾利斯省的警察放在眼里。

起初，这场诡异的劫案引发了无法描述的疑惑，因为无人能确知发生了什么（根据报纸报道）。那是突发的暴力事件,一起盲目的爆炸案,一场激烈的战役,在交通信号灯变化之间便结束了。那是一瞬间的事情,大街上一下子就到处是尸体了。

近距离的射击使奥特罗当场死亡,司库马丁内斯·托瓦尔胸部受了重伤,警卫巴拉科的右腿受伤,一名枪手冷血地杀死了他。而政府雇员史派托,在一片茫然和困惑中跑去银行求救了。

(根据席尔瓦局长所言)再晚些时候,大家确认了奥特罗即使能逃命,也无法使用他的手枪,因为其中一名枪手的子弹把武器报废了,而用以保卫运钞车的冲锋枪则在车上部的一个架子上,没人够得到。

那些见证了枪战的人在现场游走,他们仿佛梦游一般,既为自己毫发无伤而高兴,又为所目睹的事情而恐慌。安静的午后,弹指间就能变成一场噩梦。

劫匪们的子弹也射中了迭戈·卡尔法,当时他正从枪战附近的一间酒吧里出来。他被送往医院不久后死亡,为人所知的是他住在阿埃多,因为一则细木匠招聘启事来到圣费尔南多。他在广场的酒吧里喝了一杯杜松子酒,出门准备去伐木场的时候被散弹打死了。他二十三岁,人们在他的口袋里发现了十二比索和一张车票。

有个版本说市政府大楼里的一些警察赶到了并与枪手们交火,但没人对此加以确认。

有人看到其中一名劫匪靠人帮助才上了车,并假设

（根据警方所说）他受了伤。他们看到那个戴面具的家伙从行驶中的轿车后门扔了个白色的帆布袋出来，随即又扔了另一样东西，而雪佛兰轿车全速沿着马德罗大街逆行驶向马丁内斯大街，也就是说，驶向首都。

轿车开得很快，一路上按着喇叭曲折前进，全力开道。两名枪手上半身探出窗外，手拿冲锋枪向后射击。

"别停下，打死他们！""小男孩"大叫道，而梅勒雷斯则聚精会神地开车，他的脸正对挡风玻璃，完全不顾虑（根据一名证人所说）其他车辆和放学了的孩子们，也不理会控制大道上交通状况的信号灯，他盯着街上一条假想的直线驶向自由，驶向阿勒纳雷斯街的中转站，"小女孩"正在床上边学数学边等待着他们。"乌鸦"把雪佛兰轿车开得飞快，其他车辆不得不靠边给他让道。

街坊们透过半开的窗户看见那辆黑色轿车在一瞬间疾驰而过，路边的母亲们握着孩子们的手，有卧倒在地的，有紧靠着树木的，有吓得不敢动弹的。假如透过窗户看送葬队伍的话，会看见人们在队伍经过的时候，静默并缓慢地脱帽（假如他戴了帽子的话）画十字，而送葬的人会看见人们靠在路旁的墙边致以问候；但现在从轿车里往外看，（"小男孩"看着）这混乱的场面觉得很好玩，一群蠢蛋躺在地上，躲在门厅里，都是在给他们开道的小人物。

"都在这儿了吗？"梅勒雷斯喊道，他的脸在午后的阳光下显得很苍白，他继续在道路上把雪佛兰车开得飞快，同时掂量了一下身旁的袋子,没看也没碰那些钱,"钱呢?都在这儿了吗?"梅勒雷斯笑了起来。

他们没数过,但装钱的帆布袋子重得像石头一般。片状水泥块、薄纸——所有纸币,都在这被船用绳绑好的帆布袋里。

"我们完蛋了。"多尔达的衬衫被血染红了,一颗子弹擦到了他的颈部,斜擦而过,让他觉得如火烧一般,"但我们逃出来了,'小男孩',我们马上就该到了,""金毛高乔人"边说边从雪佛兰车的后座车窗眺望,"全世界所有的钱。"然后他摸索着找毒品,他们把毒品放在座位上挂着的小口袋里,忍不住的时候,就像把手伸进口袋去掏似的,用两根手指把毒品钩出来在牙床上滚一遍,随后再用舌头滚一遍。钱和毒品一样,最根本的事情在于**占有它**,知道它的存在,走过去,摸得到它,在衣柜里找一找,在衣服中间,衣服口袋里,看到里面有半公斤钱,价值十万,叫人安心。这样才能继续活下去。

飞速驾驶一辆准备好的轿车,双涡轮,脚踩油门,手握方向盘,带着钱去迈阿密或者加拉加斯生活,紧锣密鼓,简直无与伦比。

"有艘船会带我们去乌拉圭,开过去要两个小时,两个小时十分钟。""小男孩"说道。这是一个问句吗?没有人回答。每个人都飞快地说着自己的话题,仿佛是在旷野上独自奔跑,身后尾随着一辆火车。"我们经科洛尼亚入境,两个小时路程。从蒂格雷①走,来吧,我们去搞艘船,租艘轮渡,买架飞机,怎么样,亲爱的?""小男孩"笑着说道,一边把手伸进牛皮纸袋里掏可卡因。他的舌头和味蕾被麻痹了,声音听上去有点奇怪。

"凭我巨大的毅力,""高乔人"说道,"我游过去……能过去。"

"你看,铁道……你看,有路障。"

"让我来。"

布里尼内把身体探出窗外,多尔达一见此状便在另一边做了相同的动作。

他们用冲锋枪射击,摧毁了关闭的道口栅栏。

碎石飞扬,木栅尽断。

"没想到这里的栅栏这么弱。""小男孩"布里尼内笑道。

"他们从窗口半探出身子,扫荡得干干净净。"道口看守员说道。

这位铁路员工和他身边那位二十岁的伙伴都因为情绪激动而说不清劫匪的样子。

"他们逃跑时,发现马德罗街的平交道口栅栏关闭了,就用冲锋枪冲破栅栏,一路上都没有停车。"(根据报纸报道。)

"两个人在后面,一个人在前面,车里开着广播,司机

---

① 蒂格雷是圣费尔南多附近的小镇。他们打算从蒂格雷坐船两小时去海对面的乌拉圭港口城市科洛尼亚。

还按喇叭。"

"追赶的巡逻警车在后面离他们五十米远。"

"他们能逃脱真是不可思议。"

两个人挂在轿车边缘,手拿冲锋枪。

根据一些证人的说法,雪佛兰轿车上好像有一个人受伤了,同伴们在照料他。此外,轿车后部的玻璃被子弹打碎了。

轿车沿着解放者大道行驶,一路上按喇叭让其他车辆让道,但在解放者大道和阿尔维阿大街的交叉路口,他们路过一个交警站点,后者已经接到警报。

警员弗朗西斯科·努涅斯想挡住轿车的去路,便冲上了街,但从轿车里又一次传出枪响,把他逼到墙后。他们没有停,在警察局大楼前又来了一轮枪战。

雪佛兰轿车全速前进,枪手们对着警察局不停射击。三名警察上了一辆巡逻车,开始鸣警笛追赶他们。

"乌鸦"梅勒雷斯十分专注地开着车,他对"弗勒里诺"上瘾,几乎每天都喝一瓶,这让他觉得生活很安宁。"弗勒里诺"是一种镇静剂,大剂量服用的效果几乎无异于鸦片;他在巴坦坐牢时就习以为常了,"弗勒里诺"在那里像合法药品一样流通,医生们可以开处方,病人们用钱或者女人交换。手续简便,而且囚犯们的女人比狱卒们的妻子棒多了,于是就形成了网络,一种交易。正如梅勒雷斯所说,探监实际上是为了展示"妞儿"。他们的未婚妻、女朋友都喜欢和愿意为她们做任何事的糙人在一起,一旦有必要，她们也可以跟乡巴佬、蠢货，总之就是一事无成的小狱卒在值班室里待一段时间。某天下午，"乌鸦"成功地让他当时的女朋友，美丽风趣又身材热辣的"宾芭"引起了巴坦典狱长的兴趣。那个胖警察让他们觉得恐惧，但当他看见金发妞进来的时候，她那牛仔裤包得很紧的屁股和绣花T恤衫让他失去了理智。于是，"弗勒里诺"和毒品也进来了。他已经不记得这段故事的后续了，不管"宾芭"是不是继续跟典狱长在一起，总之六个月后他重获自由。他头脑空空，一片空白，无法记得真正发生过什么，但也**正因如此**，他是**一名出类拔萃**的司机——头脑空白，冷血，无人能及。"弗勒里诺"让他能够镇定地驾驶，能够超过一辆半挂货车，逼迫对方转向开到路肩。甚至有一次，他开着一辆偷来的车，带着女朋友和她母亲逃往银海市，他在二号公路上逆向行驶，按着喇叭把其他车辆逼到路肩，当时"小女孩"边笑边喝巧克力饮料。布兰卡狂热地爱着巧克力饮料（每个人都有车把手，梅勒雷斯神秘地说道），他那奇怪的口气让每个单词听起来都难以解构。靠听声音，听上去振振有词却无法体会含义。那小姑娘和巧克力饮料有什么车把手关系！

车行至解放者大道和阿里斯托布洛德尔巴列大道的交会处，一路伴随着他们的运气似乎就此消耗殆尽。新一轮的枪战致使一名警员受伤，随后，雪佛兰轿车撞上了一百五十米开外的马丁内斯大街上的巡逻车。（根据警方报告）枪匪们所乘坐的轿车开始急剧地打滑，极有可能翻倒，但最后并未发生。轿车横停在路上，车头与其前行方向相反还被嵌进了一个窨井盖，后部的玻璃完全碎裂，而左后座椅上有一大片血迹。过了好几分钟，没有人下车。

布希是该地区的一名商贩，当时他正沿着解放者大道的反向车道慢慢行驶，他看到一辆车停了下来，从车上走下一个男人，按着颈部，仿佛被揍了一顿，他便想像之前发生了车祸。

爱德华多·布希先生的生活习惯十分规律，就好比他自己所卖的那些布料上的白点图案一样规律。但那天下午他晚了两分钟，因为他洗澡时停水了。他待在淋浴房里，觉得有人要加害于他，后来他走出淋浴房，擦干身体，老婆告诉他停水了。他就住在自己出生时的房子里，从未搬离过所住的街道。他熟悉所有声响和时间变化的动静，那天下午，他仿佛听到了一些奇怪的东西（遥远的雷鸣声、窃窃私语声）却没有理会。那段时间他心情不佳，因为所有事情都不太顺利。他总是在两点半出门，两点五十分开店营业，但那天下午他稍微晚了点，这个（微小且偶发）的晚点改变了一切，他的余生有了一个值得讲述的精彩故事。在马德罗大街掉头的时候，他以为发生了车祸，有辆车停了下来，从车上走下一个男人，手里拿着一包东西。

他把车停下，因为他是个好街坊，他看到"小男孩"转身向他走来，边对他微笑边用左手掏出了一把贝雷塔点四五口径手枪。

"他向我走来，我以为他要杀了我。他花了很长时间才走到我的车旁，看上去就是一个小男孩，一脸绝望。"

"小男孩"把车门打开，布希举着双手下了车。另外两个人也从轿车上下来，上了他的漫游者老爷车。他们拖着一个帆布袋，还有很多武器，但一切都太快了，太让人疑惑了，仿佛一场梦，布希先生表示。所谓倒霉就是如此，叫人意想不到，他充满哲理地总结道。

"我一直觉得应该帮助别人，哪怕是像他们一样叫我吃惊的人。"他说道。

"一个深色头发，另一个是金发，两个都是年轻人，留着军人的发型。还有第三个人，脸上套着女士丝袜。"所有人的描述都一致，却什么用都派不上。

他们开走了他去年买的浅色漫游者老爷车，继续逃命去了。

他们沿着解放者大道飞速前进至圣菲大道，在进入一辆旅行车的车道内时奇迹般地避免了相撞，随后他们闯红灯逃上了泛美高速公路，那是一条便捷的逃生路线。

那时，所有的路警和监控首都入口的巡逻车都已经收到通知，首都警察也通过无线电指令收到了警报。

然而在城市北部郊区，定点和移动巡逻的警察都未能搜到那辆被枪匪们劫走的漫游者老爷车的踪影。省警队的无数支队伍在那一晚的大布宜诺斯艾利斯地区展开了大面积巡逻。

三

那一晚的报纸用充满灾难性的标题报道该事件。最初的假设让人觉得枪匪们是受人指使的,研究者们将这起劫案和几个月前的一件案子联系在一起,那是一群民族主义者对班加里奥综合医院实施的突袭。他们说,两起案件有不少共同点:都有塔夸拉运动①分子或者贝隆抵抗分子,退伍军队士官,后者据说都曾在阿尔及利亚游击队受过训练。在那场突袭中,这些被称为"阿尔及利亚人"的人在何塞·路易斯·内尔和乔尔·巴克斯特的指挥下,带着冲锋枪冲进了综合医院,拿走了三十万美元。警方顺着一条线索展开调查,发现贝隆民族主义分子开始和普通罪犯合谋犯事,如此具有轰动性的组合让当局十分担忧。

其实也不算说错。"南多"(赫尔南多·埃吉林)曾是民族主义解放联盟的成员,那是贝隆时期的一个暴力团体,他和马利托相约在阿勒纳雷斯街的藏身之处,着手解决团伙撤退行动。"南多"是个行动派,有人说他是个爱国者,

---

① 塔夸拉民族主义运动,阿根廷 1960 年—1962 年间的极右翼民族主义运动。

也有人说他是个"公仆"，而联合监狱里的人则说他是个嗜血成性的下等货色。

从报纸的字里行间可以获知很多信息，新闻报道里也有很多反间谍行为。

譬如，报道中信誓旦旦地写道，警方检查完被遗弃的雪佛兰轿车后，确认其中一名劫犯在逃跑时已经受伤。车内发现了一件灰色长袖套头衫、染了血的毛巾和西装；轿车地板上发现了毒品、若干注射器和一瓶抗凝血剂。此外，还有两把哈尔孔冲锋枪，双容量弹匣，可以装下六十四发点四五口径的子弹，以及一盒未使用过的弹药。作为对劫犯们危险程度的细节性说明（根据报纸报道），有人记录道，冲锋枪的保险栓是用别针固定的，其目的是一开火便能连续将五十发子弹完全用尽。轿车左后部分则有四处撞击痕迹，就在车祸发生不远处，有个类似海员包的口袋，里面装着一万八千比索。

最新消息显示，警方在调查这场血腥劫案的过程中，对劫犯们逃命时所丢弃的包袋尤为关注（有几个在撞坏了的雪佛兰车里，还有几个是在追捕过程中散落的）。所有的袋子都是海员风格的羊毛口袋，估计是用来装赃款的。那种类型的口袋在军队中很常见，警方试图从海岸警卫队入手找寻个中关联。另一方面，检查显示劫犯们留在车里的武器中，九毫米冲锋枪所用的弹匣来自一种机关枪，牌子可能是德国的伯格曼或者巴拉圭的霹雳皮皮。此外，哈尔孔点四五口径冲锋枪是军用武器,因此,调查又扩展到那些据说与帮派有联系的军人。

警方科学鉴定指纹部门的专家在轿车内采集了指纹,理论上,这些留在不同地点和不同武器上的指纹是属于劫犯的,也许能帮助调查人员确定他们的身份。

昨晚媒体发稿前,抢劫与盗窃科的警探已在首都和大布宜诺斯艾利斯地区展开调查和搜索,寻找犯罪团伙成员。

马利托看报纸的时候,被警方冲他们而来的速度之快吓了一跳。靠着这种一如既往令人作呕的下贱手段(用马利托的话说),各大报纸不知羞耻地、细致入微地将行凶者的残忍公之于众("小女孩安德丽·克拉拉·方西卡,六岁,松开了她母亲的手后被一名罪犯的机关枪扫射击中,而她的脸成了一个冒着鲜血的大窟窿")。"一个冒着鲜血的大窟窿。"马利托将这几个字眼又慢慢读了一遍,既没思考任何事情,也没看见其他东西,除了这几个字和形似教堂天使的金发女孩的模糊图像。有时候,阅读警务新闻所带来的残忍快感证明了他绝无可能阐明人生际遇的道德根源,因为当他读到自己的所作所为时,他所展现出的是未被指认的满足,与此同时也对新闻中没有自己的照片而感到忧伤,还有因恶行得到传播并将成千上万焦虑的读者吞噬而获得的隐秘的受尊崇感。

当时的马利托,和所有职业枪匪一样,是报纸警务版面的忠实读者,这也是他的弱点之一,因为每起新案件都会让原始的追求轰动效应残忍重现（那个被子弹打中因而脸蛋变形的金发小女孩），这让他想到自己与那些沉迷于恐怖与灾难的残暴堕落之人的思维没什么两样，这让他感觉自己与那些在报纸中所读到的当事人的思维一致，他也暗暗把自己当成那些罪犯中的一员，尽管表面上大家都视他为冷酷之人，精于计算，是个组织起行动来精准如外科医生的科学家。外科医生（譬如他的父亲）当然经常双手沾满鲜血，将赤身裸体毫无防备的病患的肉体撕裂，用精密的穿刺仪器和电锯将他心爱的受害者的头骨生生刺穿。

遗弃雪佛兰轿车是个错误，而这个错误也留给了警方可能产生多米诺效应的一系列线索。马利托知道他们已经找到了他和"罗圈腿"巴赞劫案前一晚所在的圣费尔南多广场的酒店。警方当然不会将所有发现全盘透露。

警方以一种冷漠而带有威胁的方式，宣布他们已经获得了至少两名团伙成员的合成人像。大布宜诺斯艾利斯地区北区的警察局抢劫与盗窃科的二把手卡耶塔诺·席尔瓦警官如是向媒体宣称。

"我完全排除市政府内部人员合谋作案的可能性。"席尔瓦警官宣布。

他们在放烟雾弹，那是为了保护他们的情报来源。马利托觉得他们就在门外，事情总是与人们所想的不同，运气比勇气重要，也比智慧和安全措施重要。而与之矛盾的是，偶然的机会总是与既定的秩序为邻，并且（伴随着背叛和折磨）是侦查人员识破圈套、追捕那些企图隐匿于都市丛林中的人的主要方法。

尽管警方高层保持缄默，新出现的证据切实地将调查人员引向了抢劫团伙的政治关系，而他们也并不排除枪手们受雇用，充当某个更大型组织的分支成员的可能性。非官方说法是，这次行动受到了所谓贝隆抵抗运动的秘密网络的支持。警方坚决地对由马塞洛·凯拉托①和帕特里西奥·凯利②所领导的组织中的前成员们常涉猎的范围展开了调查。

"南多"（赫尔南多·埃吉林）疏离于贝隆民族主义的圈子，他保持着零星联络的，只有某些工会激进分子，以及曾经参加过贝隆主义运动的老兵，那些人所从事的是走私武器、租借藏身处和提供伪造护照及文件的地下作坊（还会伪造贝隆的信件，以便号召武装起义）。此刻他正沿着博艾多大街行驶，普利茅斯勇士轿车里放着早就准备好的文件，在驶进阿勒纳雷斯街上的那个巢穴之前，他正努力多绕几圈。他不想打电话，也不想提前出现，因为，他和所有四处转悠、被警察穷追不舍的人一样，担心自己中圈套，走入被埋伏的巢穴，担心公寓门口早就有人举枪等待，他便就此中计。"南多"已经成功逃脱了好几次，纯粹

---

① 此处应指阿根廷民族主义解放联盟领导人胡安·恩里克·拉蒙·凯拉托，作者可能故意写错名字。
② 帕特里西奥·凯利，阿根廷政治家，贝隆主义者。

依靠直觉，因为他能有条不紊地关注到赴约时出现的奇怪信号。

他沿着圣菲大道向南开，到布尔内斯大街后掉头，又开了三个半街区。有对情人在树旁卿卿我我，停在贝鲁蒂站旁的出租车里有个人在看报纸。楼道入口相当安静，门房正往人行道上泄水。这是个好兆头，如果警察有所行动的话，门房应该已经不见踪影了。布宜诺斯艾利斯市有一半的门房和共产党有关系，另一半是警察的线人，但无论谁都不会在有警察埋伏的地方出现。但是，这个正在清洗人行道的门房也有可能是警察伪装的，准备在他进电梯的时候逮捕他。

"南多"在寂静的空气中前行，进入大厅后朝通往车库的地下室走去。没有人。他穿过走道，走进维修专用楼梯。他倾向于从厨房入室，如果有条子的话，他还有（渺茫的）希望躲进焚烧炉，逃过枪林弹雨。

然而，没有警察，一切正常，当他穿过厨房走进客厅时，先看到的是躺在沙发上的"金毛高乔人"，他脖子上缠着染血的绑带，在看一本配图杂志；随后他看到"小男孩"正小心翼翼地在咖啡桌上打理着一把武器；而最有趣的是，所有的钱都被堆在一个文艺复兴风格的西班牙立柜上，柜子上的镜子让钱看起来多了一倍，仿佛白色油画布上堆着不计其数的钱，犹如幻影，倒映在纯净如水的镜面。

"小男孩"望着他，露出一副同谋犯的神情，他指向紧锁着的卧室门，从里面传出窒息般的呻吟和床笫间的轻声细语，当然，那是在床上逍遥度日的"乌鸦"和"小女孩"。

"马利托在这儿。""小男孩"边说边把头转向走廊尽头的房间。随后他继续打理那把贝雷塔手枪，他希望扳机对于触碰能像蝴蝶一样敏感。他不喜欢"南多"，他是另一条道上的人，精心修剪的小胡子和死气沉沉的眼神让他看起来像警察，但他并不是警察，虽然他曾是某一种警察——民族主义解放联盟的线人，我们可以当他是个政客，"小男孩"打量了他一番，傻子，和所有为那个老东西卖命的傻子一样，这些最可怕的人终于开始与普通罪犯合谋，（根据传言）以为贝隆回归筹集资金为由，倒卖军火、抢劫银行。"回归，扯淡，""小男孩"心想，"我们唯一的共同之处就是被人折磨和调查总工会有没有操纵我们。"

"有新消息吗？"

"一切顺利，""南多"说，"他们在满城打滚，但连个球都没找到。他们派'胖子'席尔瓦负责了，得小心那个老狐狸，他一定会绞尽脑汁的，而且到了这时候他肯定已经有线索了。你们看报纸了吗？把车丢了真可惜，那车是你搞来的吗？"

"是'乌鸦'干的，他在拉努斯市弄到的，没什么大不了的，那车被改装过，之前是警察卖给一个铁匠的，本来就是辆被盯过的车。"

"南多"警告说,他们得过两到三天不出门的日子,在他张罗好漂洋过海的事情前哪里都不能去。"高乔人"放下了手里的杂志,视线上扬。

"你是乌拉圭人吗?"

两人在一片寂静中相视片刻,"南多"摇了摇头。

"我不是乌拉圭人,但我要去乌拉圭。"

"我知道,那是必然的,但你的外貌有点像乌拉圭人,你,给人一种印象……""高乔人"说,"乌拉圭人看起来都跟丧偶了似的……实际上乌拉圭人和贝隆主义者很像,贝隆主义者是丧了将军。"

"你真好玩,'高乔人',你怎么了?""南多"说道,"现在伤愈了,能开口说话了是吧?""高乔人"又看起了杂志。"南多"如此对他说话,是因为他寡言少语,和"小男孩"不用言语便能互相理解。然后他几个小时一言不发,思考,听东西。他常感到脑海中有一阵私语,有个短波电台试图深入他的颅骨,试图在他大脑内部传递信号,诸如此类。有时候,会出现干扰、怪声、操着陌生外语的人说话,像在调试频率,天知道是从日本还是俄罗斯来的。他毫不在意,因为一切自他幼时便是如此。有时候,他被吵得无法入睡,或是脑海中突然蹦出的话语让他不得不开口说出来。正如刚才他说"南多"是个丧偶的乌拉圭人。他在头骨里听到这些便说了出来,而那个家伙认为他很奇怪。他不想惹麻烦,但同时他想到自己说"南多"外貌像乌拉圭人的时候"南多"那副傻样，又觉得有趣。"外貌"这个词，他也觉得好笑。就好像他对"南多"说他有昆虫，或者说明书。就是那些药用词汇。他吃了一片安非他命，那是一种苯丙胺药物。"小男孩"和"南多"还在继续说话，但"高乔人"几乎无法察觉他们的存在，话语就像风声一样。他坐在床上听。

"喂，""南多"说，他看了看"小男孩"，又看了眼那紧锁的门，"马利托还在里头？"

马利托还在里头，关在另一间漆黑的屋子里，百叶窗紧闭不见阳光，但一个二十五瓦灯泡的台灯亮着，因为他无法在黑暗中入睡，多年来他在牢狱中度过的那些夜晚，牢房里总是亮着灯。

"南多"和马利托是1956年或1957年在塞拉契卡监狱相识的，他记忆中的马利托是个内敛的少年，十分年轻，误入歧途和政客们混在了一起。所有那样的人都会被百般折磨，仿佛是获得身份认证的方式。当时的抵抗运动非常艰苦，和马利托同处一室的有共产主义者、托洛茨基派和民族主义复辟卫队的纳粹分子们。他和他们共处一室；还有几个冶金工会会员，两三个曾经的军队士官和几个搞过塔夸拉运动的家伙。马利托和"南多"成了朋友，自那时起，在监狱死寂的深夜中长达数小时的对话铸就了两人间奇怪的联盟。他们都相当聪明，迅速互相学习，随后便开始制订计划。

"一群破釜沉舟的人，在这个国家可以大有作为，""南多"一直这么说，"骗子们很乱，而一个有秩序和纪律的组织，一群武装起来的骗子，在这里就能为所欲为。"现在，他们正在将其付诸实践。他认为最好的办法是把一群麻烦的家伙组织成一支队伍，这样便不用东奔西走召集人马了。"南多"幻想着把他们招入一个"组织"，丢手榴弹、抢银行、剪电缆、放火、制造混乱，事态发展却和他的幻想背道而驰，而那群麻烦的家伙让"南多"成了为他们服务的组织者。他有远见，有战略眼光，这次抢劫的情报网络也是他一手打造的。

他有许多联系人，早就打点好了抢劫后撤退和逃亡的行程。他和全世界都有交情，知道该如何行动。他搞定了伪造文件、登船、乌拉圭那边的联系人、藏身之处和倒卖事宜。这些想偷渡去乌拉圭的人，仰仗他作为纽带。但出发之前还有很多麻烦事要解决，"南多"并不赞成黑掉警察以及线人们的钱。

马利托坐在床上点了一根烟，看了看桌上的武器和散落在地上的报纸。钱，他既不愿意分给线人，也不愿意分给条子。

"你这样很愚蠢，他们会立马告发你的。"

"'南多'，如果我把一半的钱分给那些在我们玩命的时候啥事情都没做的家伙，"马利托微笑着说道，"那我的确是疯了。"

情况让人捉摸不透：试图隐瞒情报的警方仿佛迷失了方向，并且倾向于将劫案和贝隆右翼组织联系起来。他们在往那个方向调查吗？"南多"无法打包票，他对"胖子"席尔瓦十分了解。抢劫与盗窃科的席尔瓦警长，他不做调查，而是悄无声息地折磨人，他的手段是告发。（被逮捕后，大家纷纷用剃刀割了自己的前臂和双腿，目的是不被电击。"流血了就不会被电击，否则电流会让你瞬间崩溃的。"）他效仿巴西人组建了一支行刑队，但行动都是合法的。席尔瓦的后台是联邦协调部，因为他相信每个罪犯都有政治立场。"普通犯罪的年代已经结束了，"席尔瓦说过，"现在的罪犯都有意识形态，这是贝隆主义的后遗症。如果你遇上了一个被捕时高喊'贝隆万岁！'或者'艾薇塔还活着！'的小贼，那是社会罪犯，是恐怖分子，他们半夜把老婆留在家里睡觉，自己起床去坐60路公交车，在铁路道口栅栏附近下车，一群坏人聚在一起然后把火车炸上天。他们和阿尔及利亚人①一样，对整个社会宣战，想把我们杀光。"因此（按照席尔瓦的说法）为了把这坨牛粪从城市中清理出去，警方必须和国家情报机构合作办案。

冷酷，专业，机智，准备有素却无比狂热——这就是席尔瓦警长。他的故事十分奇怪，没人确切知道，有人说，他的一个女儿在放学路上被杀；还有人说，是他导致了妻

---

① 指1954年—1962年间的阿尔及利亚独立战争中的阿尔及利亚游击队。

子的瘫痪（她被人丢下了电梯井）；说他被人开枪打中了睾丸，没有生育能力，这些故事四处流传，版本不一。他是个偏执狂，从不睡觉，对于将来的政界以及共产主义分子和那些俗人如何发展有着诸多超前的理念。他指挥着别人，总在演讲着，解释着。贝隆抵抗分子（席尔瓦总结道）厌倦了壮烈的英勇斗争，已经开始实施抢劫了。这样的联合必须被切断，否则，人们一旦无法分辨强盗和政客，无政府主义者便会卷土重来。果敢的布宜诺斯艾利斯省警方素来奉行斩草除根，遇到带着武器的一律杀死，他们不想要囚犯。而他们也得到了联邦协调部高层的支持，尽管罢工日渐威胁到他们的处境。

"现在发生的事情已经让席尔瓦起疑心了，他还会再等等，因为他想等自己有把握，但他掌握的最新线索已经很多……"

"你们和他说过话了？"

"警局里有我们的人，我们知道他们在干什么，但席尔瓦和其他人断了联系，他连亲妈都不信任，你知道吗？"“南多”说道。

"没错，"马利托说道，他担心了起来，"让梅勒雷斯过来。"

梅勒雷斯从他和"小女孩"的交欢之处走了过来，和马利托、"南多"关在同一间屋子里。过了一会儿，他满脸无聊地走了出来。

"进来,'小男孩',"他对他说道,随后看着"高乔人","马利托说让你听听周围的动静,经常去对着街道的小窗口张望一下。"

多尔达颈部受了伤,但不严重,有颗子弹从他的枪托上弹飞了,打到了颈部。他开始流血,所有人都以为他要死了,但几个小时后伤口愈合了,他似乎在康复。因为失血过多,他现在很虚弱,"小男孩"为他做了一些治疗。

"怎么了?"

"没事,等我通知。"

多尔达一动不动,他看着"小男孩"布里尼内把手枪插进皮带后也走进了那间屋子。

"醒醒,'高乔人',""乌鸦"在房门口对他说,"你得监视着咱们的老窝。"

客厅里只有"高乔人"多尔达。他依然躺在沙发上,然后在地上寻找装着安非他命的瓶子,干吞了两片。而他们,在另一间房里,操纵着一切。他们不和他说话,也从不向他提问。"小男孩"负责所有的计划,因为对于"高乔人"而言,"高乔人"和"小男孩"是一体的。他们是孪生的,是双胞胎,是疯狂的亲兄弟,也就是说(多尔达试图解释道),他们心意相通,行动一致。他觉得,他和"小男孩"布里尼内拥有同样的感受。于是多尔达便让"小男孩"安排日常事务,金钱和决策对他而言意义不大,他只对毒品感兴趣,"他那阴暗的病态头脑"(根据精神科本戈医生的报告）除了毒品和听到的神秘声音外很少想到其他东西。对"高乔人"而言（根据本戈医生的看法）让"小男孩"布里内做决定是合乎逻辑的，"这是个有趣的完形共生病例，他们是两个人，但行为上是一个统一体。身体是'高乔人'，一个全面执行者，一个病态杀手；但头脑是'小男孩'，他负责替他思考。"

那时，"金毛高乔人"能听到一些声音（根据本戈医生所说）。他并非一直幻听，但他时不时地听见从颅骨内传来的声音。女人说话的声音，给他下命令。那是他的秘密，为了让那隐秘乐章的内容浮出水面，人们不得不对他进行多次实验和催眠。狱方的精神医生，本戈，对这个病例着了迷，入狱的多尔达在一片寂静中听到的声音让他沉迷。"那些声音说，在卡尔韦有个大湖，人跳进去会浮起来，因为湖水含盐量特别高，他们说有个酋长，一个印第安基佬，然格勒切人①，是被淹死的，因为他脖子上被挂了块磨石，据说原因是他上了一个外族俘虏，他们在那人的脚踝上系了链子，拴在帐篷里的木桩上，那个印第安人过去搞了他，就是这位科利克奥酋长。然后他在湖水里被淹死了。有时候这个倒霉鬼会浮起来，身上穿着羽衣，水流把他带进灌木丛里，他像幽灵一样，在甘蔗和芦苇丛里漂来漂去。"随后，"金毛高乔人"用昏沉的声音不断重复《圣经》(《马

---

① 然格勒切人，阿根廷的原住民族。

太福音》18：6）的片段，那（据说）是一个牧师口授给他的："凡使这外族人受辱的，倒不如把大磨石拴在这人的颈项上，沉在卡尔韦的深湖里①。"

除了那些声音，他是个正常人。本戈医生有时候甚至觉得他是装出来的——多尔达可能为了逃脱法律制裁在装疯。尽管如此，本戈在报告中将多尔达的"性格病变"解释为精神分裂，且有失语症倾向。原因是他幻听且寡言，导致了他沉默的性格。那些不开口的，比如自闭症患者，总能听见有人说话，他们生活在另一种频率中，那里充斥着永无止境的窃窃私语、命令、叫声和令人窒息的笑声。（她们管他叫"野姑娘"，那些女人的声音如此称呼"高乔人"多尔达，来呀，野姑娘，小野马，而他则一动不动地保持沉默，以防别人听到那些言语，他忧伤地望着天空，有时候想哭却不哭，以防别人发现他是个女人。）他最大的骄傲便是冷血和决心，没人能读懂他的思维，也没人能听到那些女人对他说的话。他戴的墨镜是"克里普"牌的，这副镜面墨镜是他在某辆车里找到的，那天下午他在巴勒莫区附近偷了一个时髦男人的东西。他很喜欢这副墨镜，很优雅，让他看起来有些世俗，他在厕所里和商店橱窗前总会照镜子看看自己。

此刻，他摘下墨镜，格外仔细地看起了小船舷外发动

---

① 《圣经》原文为：凡使这信我的一个小子跌倒的，倒不如把大磨石拴在这人的颈项上，沉在深海里。

机的缩放比例图。他躺在沙发上，研究着《大众机械》杂志，还时不时地画一些发动机图纸。随后坐起身，把一张厨房用纸放在咖啡桌上，开始削铅笔。

这时候"小女孩"出现了，她穿着一件男式衬衫，赤脚向厨房走去。

"小姑娘，你有什么需要吗？""高乔人"说。

"没有，谢谢。""小女孩"回答，"高乔人"见她抬起了屁股，踮着脚想去够厨房柜顶上的毒品。

"你亲我一下怎么样？"多尔达说道。

"小女孩"在门口对他微笑，她向来无视他的存在，仿佛他是用木头做的。"高乔人"看着"小女孩"，发现她穿的"乌鸦"的真丝衬衣下摆露出了阴毛。他边想象着丝绸在她双腿间轻柔摩挲，边继续看着她。

"你在看什么？小心我告诉爹地①。""小女孩"说道，随后回了房间。

"高乔人"做了个起身尾随她的动作，却又躺回了靠枕上，他脸上挂着微笑。他生气的时候，会笑得像个孩子。

他斜眼看着紧闭的房门，他是个斗鸡眼（这是他已故的母亲说的），这种内敛的斜视目光让他看起来像个强迫症患者，充满危险，而他（本戈医生在报告中表示）的确如此。

---

① 指"乌鸦"，爹地（papi）是拉美女性对男友的爱称。

多尔达的脸完美地诠释了他那个类型的人（本戈医生添上了一笔），他是个神志失常的罪犯，有着一种神经质的、如天使般的、没有灵魂的微笑。他小时候用给羊剃毛的剪刀把一只活鸡剪成两半，他那已故的母亲吓坏了，带着他去警察局想让他们把儿子关起来。在隆尚市，他那已故的母亲用皮鞭把他从鸡舍里赶出来，带去警局。

"我的亲生母亲，"他犹豫地说道，对于为了把他的生活拉回正轨所付出的种种努力，他内心深处不知该咒骂她还是感谢她，"邪恶，"安非他命和可卡因混合后，多尔达加快了语速，"那可不是出于自愿，那是一道照向你又带你走的光。"

他小时候被逮捕过好几次，到了十五岁被送进了拉普拉塔市附近的梅尔乔尔·罗梅罗神经精神病院。医院有史以来最年轻的住院病号，多尔达骄傲地说道。他和别的疯子们一起坐在一间白色的房间里，他的个子还没有桌子高。但他是个名副其实的恶魔，一个儿童罪犯——他杀猫，把猫放进黄蜂窝里，手法相当复杂。

"我可不是自夸，""高乔人"说，"但我用金属丝在小猫身上打了几个结，它就动不了了，只能喵喵叫，像母鸡似的。那只猫啊。"

没过多久他就用锥子杀了个流浪汉，为的是抢人家的手电筒。起初他被送到警察局棍棒伺候，后来被送去了精神病院。

值班医生是个戴眼镜的秃子,在本子上一番记录后他把多尔达分配去了无暴力倾向患者的病房,头一晚他就被三个男护士强暴了。其中一人让他口交,一个压着他,而第三个对他进行了肛交。

"这么大的鸡巴,"多尔达用手比划着,"我可不是自夸。"

他成了精神病院男看护的盘中餐,他逃跑又被抓回去,他逃跑时,在车站附近转悠,雷蒂罗火车站、翁塞车站①,小偷小摸,进废弃的房子里偷东西。铁器让他着迷,没过多久他就凭一己之力成了撬车专家。从看上一辆车,到转手卖出,他只需要两分钟到两分半钟时间。全西部地区动作最快,都这么说,因为他总出没于莫龙市和阿埃多市②。他从农村来,总是在城市的郊区游荡。他长得像农民,有着红润的皮肤、杂乱如稻草的头发和浅蓝色的双眼。他是个不折不扣的乡下人,祖上是来自意大利皮埃蒙特的移民,住在圣菲省的玛利亚·胡安娜镇,全家都是勤劳的人,和他一样沉默寡言但不幻听。邪恶,他母亲说过,赋予了他固执和力量,他的兄弟们和父亲用来在农田里劳作的,是同一种固执和力量。

"在田里,太阳能把你的脑袋烤干。夏天,鸟从树上掉下来,因为热。干活,什么都赚不到,""高乔人"多尔达

---

① 两个车站均位于布宜诺斯艾利斯市内。
② 两座城市均位于布宜诺斯艾利斯以西。

说,"干得越多有的就越少,我最小的弟弟把房子都卖了,因为他老婆得了病,他干了一辈子活。"

"那当然,""小男孩"笑道,"蠢透了,你可算想明白了,干活越多,就越受奴役……"

"小男孩"布里尼内和"高乔人"多尔达总待在一块儿,他们相识于巴坦监狱,那是个垃圾堆,他们一块儿堕入了一个同性恋者的大观园。男妓、变性的、变装的……应有尽有。

"我头一次被男人搞的时候还以为自己会怀孕。"多尔达说,"瞧我那傻样。我那时候年纪还很小,看到那玩意儿的时候高兴得差点晕了过去。"他笑了笑,做了个傻乎乎的表情。多尔达让马利托很紧张,专业如他,不喜欢恶心的事情,不喜欢男妓,马利托说,那些人话太多了。

然而事实并非如此,"小男孩"曾和他争论过,有的变装者能一声不吭地撑过电棒的折磨,他认识好几个挺阳刚的,一见到橡皮绑带就开始哼哼唧唧了。

"有个叫玛格丽特的疯子,是个异装癖,他在嘴里塞满了剃刀头,把自己搞得一团糟,然后给狱卒看他的舌头,对他说:'只要你愿意,亲爱的,我可以给你口交,但,你可别想让我开口说话……'"

他被杀死后被丢进了基尔梅斯河里,赤身裸体,戴着手镯和耳环,但谁都没从他嘴里撬出字来。

你得够爷们儿才能让自己被一个爷们儿搞,"高乔人"

多尔达说道。他像小女孩一样笑了起来，比猫还冷静。他把缝衣针扎进了某个家伙的肺里，那家伙"咻咻"地，像个泄了气的气球一样变瘪了。那人叫他"笨蛋"。而"高乔人"不喜欢被叫做"笨蛋"或者"弱智妞"。"金毛高乔人"希望得到更多的尊重，我从一开始就迷失了，他像小女孩一样笑了起来。

"小男孩"一下子就察觉到了，"高乔人"很聪明也很疯狂。

"他有精神病。"梅尔乔尔·罗梅罗医院的本戈医生说过。

所以他幻听。那些为了杀人而杀人的人都是因为幻听，听见有人说话，在和神经中枢交流，在和死人、失踪的人、迷失的女人交流，那好像是一种嗡嗡声，多尔达说，像是你脑袋里有个嘎吱嘎吱作响的电器，让你无法入眠。

"我可真是受尽折磨，脑袋里一直有个收音机，你可知道那种让人发疯的滋味。有人和你讲话，讲些乱七八糟的事情。"

"小男孩"很同情"金毛高乔人"，他照顾着他，保护着他。在他的撺掇之下，多尔达也加入了圣费尔南多的劫案。马利托之所以叫上他，是因为他和"小男孩"合作得很好，而且他需要新生代的坏家伙，他想给团队换换血，再也不要老东西了（有我这个老东西就够了，年满四十岁的马利托说道）。他把任务交给了他，"小男孩"问道："如果我们和线人们五五分成，我们还剩多少钱？"

"少得很，五十万……四个人分。"

"另外五十万呢？"

"给他们了。"马利托说。

他们，是安排了这场生意的那些人，包括警方和市政府里的人。"小男孩"陷入了沉思，犹豫着无法决定。他们现在是假释出狱的，如果再回去就永远出不来了。

"我要'金毛高乔人'一起，他做副手，不行就算了。"

"你们是什么关系？"马利托说，"夫妻吗？"

"当然，你这个笨蛋。"小男孩说道。

有肉体需要的时候，他们就同床——"小男孩"和"金毛高乔人"——但频率越来越低。多尔达有些神秘，他只愿意性交但不手淫，因为他非常迷信。他的想法是，如果失去了精液，他脑袋里所剩无几的光芒也会消失，他会变得干瘪而没有思想。

"我做洋娃娃做了太久就成了现在这样，真的，医生。""高乔人"对医生说，他的口气仿佛在被对方强奸，"人坐牢的时候，能怎么办？他们每半个小时搞你一次，像猴子一样……像狗在舔自己一样，医生，你明白吗？有人可以舔到自己的阴茎，得沃托监狱里有个从恩特雷里奥斯省来的家伙，他给自己口交，像根电线一样弯起来，伸出舌头吸自己的阴茎。""高乔人"笑了起来。

"好吧，多尔达。"本戈医生说，"今天就到此为止。"

然后在档案中记下：性瘾，多重变态，性欲不受控制；危险人物，精神病，同性恋倾向，帕金森病。

一道几乎难以察觉的电流让"高乔人"轻微地颤动了一下，但他用体液和空气流通的理论解释所有现象。

"我们是由空气组成的，"他说，"皮肤和空气，除此之外，身体里面，一切都是湿的，皮肤和空气之间，"这个"金毛高乔人"试图做出符合科学原理的解释，"有一些小管……"

当他鼓起勇气用缝衣针戳人的时候，他看到人体迅速瘪下去，像块抹布一样平摊在地上，人类好比气球的设想就此得证。那家伙，像件脏衣服，摊在地上。

"我们是由精液、空气和血液组成的。"有天晚上"高乔人"在可卡因的作用下喋喋不休。

"他说个不停，""小男孩"回忆道，"他吞下了好得不得了的毒品，是我们从一个议员的杂物箱里顺来的。"

"也有一些小管，"多尔达指着自己的胸口说，"会经过这儿，"他的手指在胸腔附近摸索着，"它们像塑料做的，一会儿空一会儿满，一会儿空一会儿满。满的时候，你就思考，空的时候，你就睡觉。你记得住的东西，打比方说，你小时候的事情，会在空气里滑转，并经过这儿。'小男孩'，我说得对不对？"

"当然对。"布里尼内说道，他讲得有道理。

多尔达极其聪明，也极其内向，因为身受失语症的困扰,他会突然一个月不说话,靠表情和手势沟通,用眼神和口型让别人理解他的意思。只有"小男孩"能理解他,大疯子"高乔人"。但(根据布里尼内所说)他是你能见识到的最沉着、最勇敢的人。在拉努斯市的时候,有一次他仅靠一把九毫米口径手枪和警察对峙,把他们一直堵到"小男孩"一路倒车突围救他出来。那次对峙可真美妙。他站着,双手举枪,砰,砰,姿势之优雅让那些警察像吃了屎一样无比恐惧。当他们看到一个果断的、破釜沉舟的家伙,也会敬重他。如果打仗的话,这个"高乔人",假设他和圣马丁将军①出生在同一个时代,"小男孩"说,那人们会给他立纪念碑的。他会成为一个,我说不好,我也不知道,一个英雄吧,但他出生的时间不对。他无法自我表达,内向的性格让他很适合执行特殊任务。无论是谁他都会去杀,一眨眼的工夫任务就完成了。在一次抢劫中,出纳不相信他,以为他在开玩笑,还装傻,那个银行出纳,因为"高乔人"没对他亮出武器。

"他说:'我要抢劫你'。"

而那个没用的出纳,看到他那张像是有精神缺陷的脸庞时,觉得那是个玩笑,觉得他很滑稽。滚,出纳对他说,别他妈的捣乱,弱智,他好像是这么说的。多尔达,像这样,他的手在白大褂的口袋里,稍微动了下(因为他穿了

---

① 何塞·德圣马丁(1778—1850),南美西班牙殖民地独立战争的解放领袖之一,被视为国家英雄。

一件医生的白大褂），对着那人的脸就是一枪。

银行工作人员看到他杀死那名出纳后露出的微笑，都自发冲上来把钱往他的袋子里塞。"高乔人"多尔达，一个非常、非常麻烦的家伙，一个彻头彻尾的疯子。警察已经不会揍他，也不会用刑具折磨他了，反正他一句话也不说，你还不如杀了他。

"你让我想起一个人，我在雷蒂罗火车站的厕所里搞过的一个家伙，我告诉过你的，'高乔人'，他和你很像，当时我在撒尿，那家伙开始绕着我走，盯着我的宝贝看，他绕着我走，所以我就和他闲聊起来，而他给我看了张纸，上面写着：我是聋哑人。但我还是搞了他，然后他付了我一百五十比索。他被我上的时候一直在喘气，当然了，他一句话也说不了，不过一直在吐气，喘气，可享受了。我是聋哑人。""小男孩"说着便笑了起来，"高乔人"高兴地看着他，挤出了一个令人困惑的笑容。

多尔达记得这件事，他也爱着"小男孩"。他虽然无法表达自己的情绪，但愿意为了布里尼内去送命。此刻，他使了把劲站起来。思考对他而言是件难事，但他正在思考，而他的大脑成了一台翻译机（根据本戈医生所说），他觉得所有事情似乎都在针对他，要伤害他（伤害他或者伤害"小男孩"布里尼内）。别人对他说话时，他便开始翻译。譬如，他小时候常去看教会组织的电影，因为多尔达是个农村人，而看电影在农村是一种带有宗教性质的娱乐活动。如果有人去做礼拜("高乔人"讲述道),牧师会在你离开的时候给你一张电影券(如果你吃了圣餐就能拿到两张券),凭着这个,礼拜结束后的那个白天你能免费进入教区里的电影院。多尔达看了一场场"电影连续剧",而且他用自己的方式"翻译"电影,仿佛他自己就是荧幕中的人物,体验着剧情中的一切。("有一次他被赶了出去,因为他在看电影时掏出了小鸡鸡撒尿——他看到电影里,晚上有个小男孩在农田里背对着屏幕撒尿……")多尔达十分虔诚,他一直希望获得上帝的恩典,连他的母亲(也宣称)他想去德尔巴列教区当牧师(那是距他家五公里的村庄),因为圣心兄弟会在那里,但是半路上他被一个流浪汉强暴了,自那时起,所有的不幸接踵而至。

这时候,梅勒雷斯从房间里走了出来。

"你好吗,白痴?"他对一脸没睡醒样子的"高乔人"说道,"来,我们得去楼下打个电话。"

他们决定不付钱,玩弄一把其他人。因此,马利托决定改变原计划,先给"罗圈腿"巴赞打电话。星期四早上六点,他没让"罗圈腿"说出他们躲在哪里,但让他把丰坦·雷耶斯约到卡洛斯·贝列格里尼大街和拉瓦列大街交汇处的一间酒吧里,这样一来在巴赞捉弄他的时候,他们可以转移到另一个安全屋去。他命令大家离开,撤退至"南多"在巴拉卡斯市的家里。他们打算去那里和各方面联系,然后坐船去乌拉圭。

"罗圈腿"巴赞又高又瘦,有着秃鹫般的双眼和笑起来充满优越感的双唇,那次通话三小时后他就被逮捕了。出于保密需要,席尔瓦警长说他是在劫案发生地附近的广场上转悠时被捕的,随身携带了一件武器。他说带枪是为了"杀掉胡尔林汉镇上为数众多的流浪狗"。实际上他是警察的线人,席尔瓦从一年前起就让他做线人了,作为交换条件,他得以在巴霍区自由地流连于毒品和女色间。

四

第二天的报纸刊登了席尔瓦警长在港口附近的酒吧里辨认"罗圈腿"巴赞尸体的照片,他发表了一份声明,言简意赅但前后矛盾(甚至与事实不符),这些东西合在一起便是警方的办案逻辑。

"这个国家的罪犯们为了逃避公正的审判,开始互相杀害。我们已经追踪到圣费尔南多银行劫案的凶手了,他们能逍遥法外的日子不多了。"

警长穿着一件皱巴巴的西装,一只手上缠着绷带。他已经两天没睡觉了,殴打梅勒雷斯的姘头时还把手弄骨折了,那姑娘不承认自己参与了劫案,整个审讯过程中都在骂人和吐痰。她是个小女孩,一个打定了主意要做英雄的傻瓜,而最后他几乎什么都没问出来,只能把她交给法官。他在抽她第一个耳光的时候就把指关节弄骨折了,现在手又肿又痛。他在酒吧里要了些冰块,包在白色餐巾纸里。然后,他注视着在场的记者们。

"你们是否认为……"为《世界报》写警务版块的小伙子率先提问道。

"我不认为,我调查。"席尔瓦打断了他。

"据称他是警方的线人。"那个小伙子有着一头鬈发,穿着灯芯绒夹克,衣服翻领下的记者证上写着埃米利奥·伦西,或者埃米利奥·连西。"而且据称巴赞被捕了……是谁下令释放他的?"

席尔瓦看着他,他那只受伤的手一直抵在胸口。"罗圈腿"当然被释放了,因为他得去当诱饵。

"他是一名有前科的罪犯,但从未被逮捕过……"

"警长先生,您的手怎么了?"

席尔瓦想找几句能让那小伙子信以为真的话。

"我在揍那些混蛋记者的时候把手弄伤了。"

席尔瓦警长是个胖家伙,脸有些长,一边脸颊上有道白色的疤痕。这道疤的故事,他每天早上照镜子的时候都会回想起来。有天下午他出门的时候被一个疯子砍伤了,毫无缘由。那个混蛋紧贴着他的脖子喘息着,用一把刀片威胁他,他不知道席尔瓦是警察。当他知道的时候,事情变得更糟了。恐惧总是很难办,那家伙因此昏了头,突然想到自己已经走投无路了。他们慢慢朝街上走,然后他用刀在他的脸上划了个十字,继而抢走了他的车。他的脸仿佛烧了起来,那感觉像是有一团冰冷的火焰在他的脸上,下巴好像被什么东西切开了,脸上从此留下了永久性的疤痕。

他现在独自居住,妻子多年前就离开了他,她偶尔会带孩子们来见他，但他已经快认不出她了。两人之间的冷漠与日俱增，他们仿佛成了陌生人，他疏离了与工作无关的一切。席尔瓦明白，这份工作让他必须放下重要的东西，这一次，他无所牵挂。

"我要速战速决，"他的头儿对他说，"别担心，随便他们在庭审的时候怎么说。"

警方的压力非常大，得有个人被捕。

"那些记者现在缠着我不放，我得召开一次媒体发布会。"

"有线索了吗？"

已经是下班时间了，席尔瓦警长沿着莫雷诺大街开车前往恩特雷里奥斯。快到晚上九点了，他镇定地开着车。城市一片安宁，这里有人犯罪、通奸、抢劫，但走在街上一切都很正常，路人们也沉浸在这片看似安宁的气氛中。

在家的时候，席尔瓦经常失眠到深夜，睡不着的时候他就从窗口看着一片漆黑的城市。所有人都试图把罪恶隐藏起来，但罪恶躲在角落里，躲在屋子里。他现在住在博艾多大街的一栋高层公寓楼里，其他房子里深夜亮着的灯总让他想到第二天可能会出现在报纸头条里的案件。

"罗圈腿"的死让犯罪团伙的撤退行动戛然而止。枪打出头鸟，教训要给得清楚。南多·埃吉林留在安全屋里为行动收尾，以及平分钱款准备前往乌拉圭。事态不妙，他们的处境很危险，警方突击了阿勒纳雷斯街的安全屋，布兰卡在那里落网，梅勒雷斯气得发疯，竟考虑留在布宜诺斯艾利斯和席尔瓦、和条子们正面交手。马利托让他们冷静下来——现在比以往任何时候都更需要用脑子行事，不能被激怒。

席尔瓦此前在卡洛斯·贝列格里尼大街上的绿宝石酒吧和丰坦·雷耶斯搭讪过，这个酒吧常有探戈舞演出，因为靠近阿根廷作家和作曲家协会，这里总能见到表演界的年轻明星和退休前辈。当席尔瓦带着自己的手下走入酒吧时，在场所有人都一动不动，仿佛被定在了玻璃罩里。他每次走进类似的场所都会有这样的感觉。寂静，慢动作，以及一张张充满恐惧的脸。

丰坦·雷耶斯挺优雅的，不过多了几公斤肥肉，脸庞发光，像个刚吸过毒的瘾君子。席尔瓦走近他，在他身旁坐下。

"你好像很紧张。也对，和我说话的人都会紧张。"警长说。

如此这般（根据报纸报道），他搞清了这场抢劫的来龙去脉。泄密的人来自审议委员会。卡洛斯·A.诺西多——三十五岁，已婚，时任圣费尔南多市公共工程部监察员，他是埃提·欧马·诺西多（别名丰坦·雷耶斯）的表弟。他有影响力，在当地给人好处，是那种典型的周旋于犯罪活动的人。在其他地方，他可能会成为黑手党成员，但在这里，他是个做小生意的——收取贿赂、保护费，以及包庇乱七八糟的非法活动。他是奥利沃斯市一个赌窝的合伙人，在大西洋沿岸还有好几处资产，他是堂马西莫·诺西多（别名"尼诺"）的儿子，而尼诺先生是由人民联盟党投票选出的圣费尔南多市审议委员会主席。被捕受审后，诺西多最终承认自己经表哥丰坦·雷耶斯介绍，和那群"地主"会面，并向他们提起过让他们去抢市政府工作人员的薪水。会面地点在阿勒纳雷斯街的一所豪华公寓内。

梅勒雷斯的姘头布兰卡·加莱亚诺，（根据报纸报道）是个中产阶级的年轻女孩，来自卡塞罗斯市一个不错的家庭。十五岁以前她的举止都很正常，跳跳青少年舞蹈，偶尔去朋友家聚会，但她夏天独自去了银海市旅行。金发、婀娜、美丽、得体……当地一个农场主的儿子被她吸引住了，他在那座城市里过着气派又幸福的生活。那人正是卡洛斯·阿尔韦托·梅勒雷斯。价格不菲的彩色照片见证了罗曼史的开端。然后是返程。布兰卡过了多久才发现梅勒雷斯是个罪犯的？一个月？两个月？她知道的时候为时已晚，八月底的时候两人结婚了——至少她是如此认为的，因为目前警方发现结婚证书是伪造的，婚礼也是场骗局。布兰卡姑娘，年仅十六岁，现在成了马丁内斯调查队的阶下囚。

"小女孩"终于交代，梅勒雷斯和另外三名同伙在警方到达几个小时前已经放弃了阿勒纳雷斯街上的房子，带着大部分的钱款和重型武器逃跑了，但她不能（或者不愿）

说出枪匪们的去向。根据这个年轻女孩所作的声明，罪犯们应该走投无路了，所有人都怕他们，没人愿意帮他们，他们的头儿马利托，决定冒险行事。

"他们去蒂格雷了，"被打得鼻青脸肿的"小女孩"边用手帕擦血边说，"有个波兰人会帮他们，我只知道这些。"

那个波兰人是米茨基伯爵，他控制着拉普拉塔河流域的走私犯网络，他搞定了海关和政府里的人，让他们对河两岸的犯罪团伙睁一只眼闭一只眼①。

席尔瓦下令沿拉普拉塔河向上搜索巴拉那三角洲直至穆尔塔岛，随后他回到港口的酒吧里并发现了"罗圈腿"巴赞的尸体。他们没有留下任何踪迹，马利托比他早行动两个小时。

报纸采访了位于阿勒纳雷斯街三千三百号的一家烤肉店的老板，他们表示每天都会被对街这群人买的东西吓到——整只的仔猪、好几只烤全鸡、无数瓶上好的葡萄酒。他们每天都花好几千比索，给钱的时候一分不少。街坊们说这是一群"农场主"，在巴塔哥尼亚有资产，在贝纳多图埃托地区有土地。圣菲大道上一家大乐器行的老板也这么说：几个月前，住在阿勒纳雷斯街三千三百号的两个男人下了一笔非常重要的订单，录音笔、便携式无线电、立体声喇叭、全套音乐播放设备。金额之大、数量之多已经足

---

① 拉普拉塔河两岸即阿根廷和乌拉圭。

够让老板亲自接待了，根据老板对记者们的表述，他因此去了"见识过的最财大气粗的公寓"，监督了这批设备的安装过程。

"他们很明显是有钱人，有教养，举止得体，优雅又严谨，而且，我相信，他们是专程来首都参加巴勒莫区的马球锦标赛的。"

劫案发生两天后，当局公布了一些细节。尽管作案者目前在逃，警方逮捕了七名共犯和线人，其中包括一名公务员、一位著名探戈歌手、圣费尔南多市审议委员会主席的儿子和侄子、一名出售犯人使用过的武器的军队士官。如此一来便有了一个闻所未闻的结论：一群表面上看来很老实的人在买凶掳掠。

消息灵通人士表示，警方似乎确信这群阿根廷罪犯已成功渡河至乌拉圭境内。

"逃犯们（席尔瓦警探私下表示）是一群危险人物，他们反社会，是同性恋者，还有毒瘾。"警方的头儿继续说，"他们既不是塔夸拉分子，也不是贝隆抵抗分子，他们是一群典型的罪犯、疯子、杀手，前科累累。"

关于"狂妄自大"一词，为《世界报》撰写警务新闻的男孩在字典里查到的释义是：藐视神明且自取灭亡者的傲慢。他决定去问问，能不能把它放在事件报道的标题里，随后他开始动笔。

在银行劫案中杀死押运员的人是冷血的弗朗哥·布里

尼内，别名"小男孩"或"天使脸"，他是一个富庶的建筑商的长子，一九六一年开始犯罪生涯，时年十六岁的他当时是圣乔治中学的学生，在一起由抢劫引发的凶杀案件中作为共犯入狱。他那受人敬重的商人父亲最疼爱的孩子便是他，他享尽了溺爱，甚至掌控着他父亲和弟妹们的意志。有天晚上，他开车去找一群在远足者队球场①上结交的朋友，后者让他帮忙开车带他们去拿音乐设备。布里尼内一直守着方向盘没下车，过了很久他的朋友们空手归来。同伙们解释说，他们闹翻了，对方拒绝把设备借给他们。第二天一早，尚未成年的他看到报纸上报道了在那家店里有人被杀，凶手的目的是抢劫。他们用一直放在"小男孩"车座下的撬棍把人给打死了。这名年轻人第一次入狱，他的父亲受到了巨大的打击，得知消息的时候心脏病发作去世。法官告诉布里尼内，虽然他仅被判为同谋，但判他弑父也绝不为过。

尽管出狱的时候继承了父亲的遗产，但他已深受狱中同伴的影响，而且他的母亲和弟妹们——那些兢兢业业、受人尊敬的老实人——对他无比绝望，他依然走回了犯罪的道路。

在监狱里（这故事他讲了好几遍），我学会了人生的真谛——你被关进去以后，被人打骂，接着你就学会了说谎，

---

① 远足者队是一支足球队，主场位于布宜诺斯艾利斯贝尔格拉诺区。

忍气吞声；在监狱里我成了男妓，染了毒瘾，我成了贼、贝隆主义者、赌徒；我学会了暗箭伤人，有些人会因为你看他们的眼神不对劲就把你打得灵魂出窍，我学会了打扁他们的鼻子，我学会了把刺夹在蛋蛋里，把装着毒品的袋子塞进屁眼里，我把监狱图书馆里的历史书看了个遍，因为我无事可做，你问我随便哪一年的战役是谁获胜，我都能答上来，因为在监狱里你屁事都干不了，于是你就看书，看空气，被关起来的畜生们在你旁边叽叽歪歪，让你昏昏沉沉，仿佛你就呼吸着这些有毒的畜生；你听那些蠢货把同样的废话翻来覆去地说，你以为今天是星期四，其实这才星期一下午；我学会了下国际象棋，学会了把卷烟的锡纸做成腰带，学会了在我女朋友来探访的时候在院子里和她站着做爱，在那种用一张床单靠墙搭出来的帐篷里做爱，其他犯人会帮你，而他们的老婆孩子也在场，他们也得躲起来才能搞，女人都是铁做的，她们脱了内裤坐到你身上，狱卒们还监视着呢，他们可享受了，笑你傻，笑你热情似火，一群不能性交的大个子，这就是抓你坐牢的原因啊，让你搞不了，所以你浑身都是毒素，他们把你关进了冰箱，关进了笼子，身边全是男人，谁都不能搞，你要是有欲望就会被打骂，更糟的是，他们让你觉得自己是个要饭的，是个流浪汉，最后你开始自言自语，出现幻觉（而"高乔人"让他继续说，告诉他这没错，有时候还会在黑暗中紧握他的手，两个睡不着的人平躺在床上抽烟，在某个村子某间酒店的某个房间里，偷偷摸摸且充满警惕的双胞胎紧握双手，他们躲避着警方的追捕，地上的毛巾里包着把手枪，树林里藏着辆轿车，两人暂时歇脚，试图稍事休息冷静一番，同床共枕，至少一夜不亡命天涯的生活）。"小男孩"开始有了幻觉，他能感受到那些无缘无故打骂他的囚犯的毒素，就因为他年轻，因为他俊俏，因为他的家伙比其他人的大（"小男孩"说），我学会了把恨意留在心里，血脉偾张真可怕，像一团火，你靠恨意活下去，你在牢房里整晚不睡觉，看着天花板的灯一跳一跳，灯光很弱，半黄不黄，每天二十四小时都亮着，方便他们监视你，逼着你把手放在毯子外面，不让你乱搞，狱卒路过的时候打开窥视孔，就会看见你在牢房里醒着，想心事。你进了监狱就会特别爱思考，囚犯的定义就是一个在思考中度过每一天的家伙。"高乔人"，你记得吗？你活在自己的脑袋里，你沉浸在自己的脑海中，就好像有块屏幕，有台你自己的电视机，你看自己的频道，里面播的节目是你可能过上的日子，我的好兄弟，对吗？或者是他们把你当男妓的日子，你钻进脑海，自由翱翔，再来一点儿毒品，出发，你到了另一个世界，你坐着出租车，在你母亲家的拐角下车，你走进利瓦达维亚和梅德拉诺大街上的酒吧，靠窗看着路上的行人……随便做什么蠢事都行。有一次我大概花了三天时间造了栋房子，真的，从水泥开始，我记得自己是亲手一样样造出来的：房子、地板、墙、楼梯、天花板、家具。

造完以后，你放个炸弹把房子炸了，你每分每秒都觉得自己要被人逼疯。而事实就是如此，你迟早会疯的。如果你一直在思考的话，最后就会有很多的想法，却几乎没有行动，因为你就是那种，怎么说呢，就像是那些爬到山顶然后开始冥想六七年的人，对不对？他们管自己叫隐士，那些在山洞里想着上帝和圣母马利亚的家伙，祈祷，绝食，像极了在坐牢的人，想法太多但实际体验太少，到最后你就跟个骷髅似的，跟个种了植物的花盆似的，你的想法像虫子一样钻来钻去。如果我把在牢里想过的事情都说给你听，我花的时间，嗯，大概得和我坐牢的时间一样久。我记起一些读书时认识的八岁或者十岁的女孩，我让她们成长，看她们发育，看她们跳绳，午睡的时候我看她们的长筒袜和纤细的双腿，还有开始冒尖儿的乳房，这么想了一个礼拜我已经开始操她们了，我不让她们长太快，我在路堤上操她们，铁轨后面有块荒地，还有甘蔗地和农田，我让处女们脸朝上，两手轻轻地抬起她们的屁股，把我的家伙塞进去，差不多一小时吧，最后我把她们破了处。还有一个是和我一起上过学的，应该是三年级的时候，然后我开始幻想把她带去路堤，就在阿德罗格市，弯弯曲曲的铁路通往布尔萨科市，那姑娘想把处女身保留到结婚，因为她的男朋友是个医生，也就是说，一个有钱的家伙，所以我操了她的屁股。我告诉她，你老公什么都不会发现的，你没有破身，完好无损，而她就在农田里趴着，屁股里塞着个鸡巴，一个大概十五岁的小姑娘，又骚又安静，因为她要把处女身保留到结婚。有时候我还幻想过一个女人，我让她坐在牢房的窗沿上，我吸她的阴蒂，她可能是任何女人，也可以是我妹妹。但女人并不是最糟糕的，因为不管怎样女人你是看得见、记得起来的，最糟糕的是你被关起来了，你活不下去了，像个死人一样，而他们对你随心所欲，最后这样的生活会把你撕碎，让你充满怨恨，把你毒死。所以去坐牢的人就成了牢狱的盘中餐，出去了再进来，出去了再进来，这都是因为里面那个大毒缸。"小男孩"发誓自己再也不会入狱，除非有人趁他睡着抓他进去——就算睡着也没人能抓他进去。

他正躲在蒙得维的亚①市中心的安全屋里，但他快待不下去了，他觉得自己被囚禁了起来。他们必须等待，长久以来他们都必须等待，他看着马利托和梅勒雷斯，还有那两个乌拉圭帮手，他看着他们打了好几个小时的扑克牌，而他再也无法忍受这寂静和禁闭了，他想出去呼吸一下新鲜空气。"高乔人"则以睡觉度日，他已经搞到了毒品，鸦片，吗啡……天知道，他总能抢到药房，或者找到毒贩，他们给了他药片、注射液和冰毒，刚到蒙得维的亚的那几天他一直吸得神志不清，躺在床上和他脑袋里那些疯狂的声音"和谐共处"（用梅勒雷斯的话说）。

---

① 乌拉圭首都。此处指一行人已经偷渡至乌拉圭。

相比之下,"小男孩"布里尼内快待不下去了,他有不祥的预感,需要呼吸新鲜空气,因此夜幕一降临就夺门而出去散步了。他深信,要是警察已经追过来了,再小心行事都没用;反之,警方撞上他们的机会甚是渺茫。马利托同意让他出门,他们每个人都在一定程度上相信宿命论,没有人想象过事态接下去会有出人意料的转变。那些生活在重压和极端危险环境之下的人,那些被追捕指控的人,深知在战斗中求生,运气比勇气更为重要。但这不是战斗,它更像是一场有关等待与拖沓的复杂运动。他们在等待风暴过去,等待"南多"派人带他们从陆路去巴西。

"小男孩"沿着老城区的萨兰迪大街和哥伦布大街踱步。他喜欢蒙得维的亚,城市安静,房屋低矮。他厌倦了等待,所以一到傍晚就出门寻找猎物。"高乔人"看着他离开,他知道他要去哪里,却一言不发,不加询问。他已经在房间的一角搭好了窝,在楼梯尽头的阁楼里,"高乔人"躺在那里幻想,或者画《大众机械》杂志里那样的引擎草图。"小男孩"邀他同行过几次,但"高乔人"什么都不想知道。"我留在这里,就在我的脏垫子上。"他戴着那副(他以为)让他很像飞行员、很老练的"克里普"牌墨镜,边说边笑,他像个长期生活在昏暗光线中的人,周围一片模糊,而他在自己的避难所里离群索居。所以"小男孩"会向他示意,随后离开。他沿着街走向岸边,朝着弥漫着水藻酸臭味的港口走去,一种冒险感油然而生。

除了成群结队的同性恋者和男妓，蒙得维的亚的萨瓦拉广场上时有一些迷失的少女。她们都十分年轻，大部分人都有着过于早熟的坚强品质。对于那些和自己发生关系抑或偶尔同居的少年，她们了如指掌——这些少年在寻找的是男人，有的时候出钱找男人，或者让对方付钱，尽管她们什么都知道，却毫不在意。有时候，某个少女带着自己的跟屁虫来到公园，两人坐在一起，直到少年看上中意的对象，于是他们像遵循战术协议一样分道扬镳——少年和客人离开，少女则起身去街角的咖啡馆等他。

她们中最出挑的那个姑娘激起了"小男孩"的好奇心，她大约十九岁，有着一头长长的黑发和能将人催眠的双眼。她看那些男人的时候面带微笑，仿佛若有所思，仿佛，尽管这世界对她而言是如此悲伤腐坏，依然让她乐在其中，让她充满了活下去的念想。这个姑娘有点古怪，有点心不在焉，有点对一切事物都冷眼旁观。

警方在公园外逮捕了一名男性变装癖，他化了浓妆，顶着金色假发。那个姑娘笑着说道："呵，又一个不守交易规矩的变装癖要去蹲大狱了。"

"小男孩"起身，坐到了那个姑娘的身旁，两人畅谈了一阵后离开咖啡馆走进公园。他们坐在了一张长凳上，对面有位老人，嘴边别着麦克风，站在高台上讲解《圣经》。

"耶稣的言语与我们同在，兄弟姐妹们。"

那位老人旁若无人地讲着，祈祷着，用手在空气中画着十字。他身穿深色长礼服，显得很威严，也许他是位牧师，有点疯狂的那种，也许曾是个酒徒，是救世军里的逃兵，是在忏悔的罪人。

"耶稣被拒绝了两次，叛徒被惩罚了两次。"

老人的声音与风在树叶间的细语交织着，"小男孩"几个月以来头一次感受到了喜悦与祥和。（也许，是加入马利托的团伙后的头一次，他觉得自己得到了救赎。）他和那个少女坐在公园里，享受别人注视他与她在一起时的目光，那些人里有他的客人，他昨晚……或者再前一个晚上……和他们在雷克斯电影院的男厕所里交欢过。

突然，她看着他笑了起来，说的话也吓了他一跳：

"你让我有点不安，我在电影院里见过你，你在那里搞男人来着，你和其他人很像，但你不是他们，有点不同。你更男人……"

那个少女把想法直白又真诚地说了出来，早已对周围人的谎言习以为常的"小男孩"被吓坏了，他很害怕，他不喜欢被女人当面质问，不喜欢被女人唤作男妓。

"小姑娘，"他说道，"我觉得，你有点糊涂了。你说个不停，像个乌拉圭母鸡，你是警察吗？是警察吗？""小男孩"又笑了起来，"你是波西托斯[①]片区的警察吗？还是说，你看上我了？"

---

① 波西托斯是蒙得维的亚海边的高档街区。

她摸了摸他的脸庞，凑上前来。

"别紧张，过来，你怎么啦，嘘……安静……我想说的是，打从你出现的那天起我就注意到你了，上礼拜五，穿的是天鹅绒西装。"她抱住他，用手感受着柔软的布料和微弱的静电，"我看你和其他人一样，又不一样，你不和别人说话。而且你是阿根廷人，从布宜诺斯艾利斯来的，对不对？"他是土生土长的布人，来蒙得维的亚做生意，卖走私的布料。随便凑套可信的说辞，撑到第二天早上就行。蒙得维的亚的每个阿根廷人都是走私犯，她笑了起来，看起来更年轻了，她吻了他，随后立即（一如"小男孩"所担心的，她也）讲起了或者编出了一段往事。

她来自内格罗河①另一头，在一家歌舞厅里打零工。她希望能有些积蓄，然后去城市别的街区自力更生，也许去海边市集附近，那里的窑子稍微体面点，没有同性恋，也没有从塞罗区来的黑人穷鬼。她喜欢阿根廷人，因为他们有教养，口音很特别。她自己讲话的方式则有些老土，因为她来自内陆地区，而且她想到什么就说什么。她是个真诚的人，或者看起来真诚，有点做作，毫无疑问，像旧时候的淑女（她的言行都遵照自己假想中的旧派淑女作风）。他不记得儿时在《比利肯》②杂志中见过的那些服饰了吗？她倒还都记得："法兰西雄狮""荷兰女人""古代美

---

① 内格罗河是乌拉圭的河流，此处指她来自乌拉圭。
② 《比利肯》(*Billiken*)，阿根廷儿童杂志。

女"。这姑娘是个单纯的农村女孩,但气质落落大方,那种真诚而又做作的做派很讨他喜欢。这姑娘既是他的妹妹,又是一个迷失了的女人。他一直渴望拥有一个妹妹,年轻迷人,这样的女人让他能够完全信任,又必须与她的肉体保持距离。一个美丽的同龄女人,他会自豪地对外炫耀,却没有人知道那是他的妹妹。他把自己的感受毫无保留地告诉了她。

"你妹妹,你想让我做你妹妹?"女孩笑了,她有些惊讶。"小男孩"突然打断她问道:"怎么了?你觉得很奇怪吗?"

正如一切在与男人的关系中扮演男性角色的人(女孩后来宣称),"小男孩"极易被与他是否阳刚有关的问题激怒。

和男同性恋交往已经让"小男孩"感到厌烦,他觉得恶心。他现在不愿意被广场上的那些家伙注视,他之前在其他场合与他们相识,也许是在一场电光石火的搭讪中,也许是在充斥着消毒水气味的厕所中,那些墙上还留有凶神恶煞般的涂鸦和情诗的片段。镌刻下的名字仿佛神祇之名,胡乱涂画的爱心、奇形怪状的四肢,分布在车站厕所墙上,"印度教"电影院①座椅背后,酒吧的衣帽间里,犹如圣鸟一般。他会突然渴望被羞辱,这仿佛是种病,是恩

---

① 这是一家色情影院。

赐，是心头一紧，无法阻挡。和让人被教堂吸引、迫不及待地想进去忏悔的，是同一种盲目的力量。他在那些陌生人面前屈膝，虔诚下跪（这样说比较好，他曾说过，女孩讲道），仿佛他们是神，而他始终知道，哪怕是一个虚假的手势、一丝含沙射影的假笑，都能让他动手杀人，仅仅是一个错误的手势、一个多余的字眼，就能让他们脸上挂着惊恐的神情、胃里插着尖刀死去。如君王般赤膊站在他身前的这些男人，不知道他是谁，也从未去想象过，他们绝无可能揣测到自己身处多大的险境。"小男孩"很厉害，但他跪在地上，被消毒水的味道熏得头晕，而身旁的陌生人正边对他讲话边付钱给他。也许他才是那个付钱的人？他记不清自己做过的事，记不清昨夜，也记不清昨夜的昨夜，那些他在逃亡中流连于港口酒吧和"印度教"电影院的夜晚。他只记得有一股难以抗拒的力量让他起身走上街去，那仿佛是种无法停止的愉悦，让他无法思考，并且最后（那女孩表示，这是他告诉她的）让他失去了思想，空虚而自由，受制于仅有的一个念头。就好比是寻找某件东西而它突然出现在光天化日之下，出现在大街上。难以抗拒，甚至在事后他还有些茫然，像刚从梦境里走出来一样，回到公寓里，马利托在等他，其他人在等"南多"帮他们偷渡去巴西。而他每次回去的时候，"高乔人"总沉浸在无声的静止中，抑或在生气，他在那块"脏垫子"上与世隔绝，在楼梯尽头的角落里。但这些并不是她叙述的（是

"高乔人"叙述的），因为她以为"小男孩"是把英国的开司米从科洛尼亚运到布宜诺斯艾利斯的走私商人，靠小规模走私过活，对一些事物上瘾，以为他和所有她在这座城市里打过交道的男人一样。

但相反的是，"小男孩"（他曾告诉过她）和这个女孩子在一起时，他觉得自己很健康，得到了救赎，和她在一起时便没有危险，他所需要的只是陪伴她，跟随她一阵，远离"金毛高乔人"，远离"双胞胎"，远离"乌鸦"，像个正常人一样度过一段时光。

不管怎样，命运的细枝末节已经伸展开，尔虞我诈正暗中成形，零散的几条线将在某个时刻交织（这是为《世界报》撰写警务专栏的男孩子写的），这几条线，就是古希腊语中的"迷思"。

"我就住这附近，那地方是歌舞厅里的朋友们借我的，"她说道，"他们从不出现。"

这公寓有两间卧室，一间起居室，乱得十分彻底——厨房里堆着没洗过的盘子，地上是大麻和食物的残渣，女孩的衣服都在一个打开的行李箱里。一间卧室里有两张床、一个沙发，地上还有个床垫，下面垫着块木板。

"有个女的会来打扫，不过她只有周一来。"

"这地方谁住着？这就是个收容所。""小男孩"说。

"这地方是歌舞厅的朋友们的，我给你讲过，我在那里上班。他们借给我一整个礼拜，礼拜六我回旅馆住。"

"小男孩"在这个寒酸的房子里转了一圈，窗子对着内部的天井，走廊的尽头是楼梯。

"楼上有什么？"

"另一间房子，还有个露台。"她在床后找出一张四十五转黑胶唱片，"你喜欢'脑袋和身体'乐队①吗？"

"你会读心术？……当然喜欢，比起滚石乐队我更喜欢他们……"

"没错，"她说道，"他们很出色，棒极了。"

"我小时候能看见异象，""小男孩"笑了，"但出了件麻烦事，然后我所有的超能力都不见了。"

她注视着他，觉得很有趣，这个男孩一定在逗她。

"是出了一场事故吗？"

"嗯，不是我出事故，和我坐一辆车的朋友们干了蠢事。我们当时都喝醉了，喝的是杜松子酒，我……最后进了大牢，就再也看不见小时候的那些东西了。"

"喝酒不好，我更喜欢哈希什②。"女孩边说话，边坐在矮柜上卷起了大麻烟，她看起来有点嬉皮，"小男孩"这才注意到。乌拉圭女嬉皮士，穿有流苏的长袍子，还在歌舞厅工作，不可思议。

---

① "脑袋和身体"乐队及下文歌名均系作者虚构，歌词摘选自汤姆·威茨的《西格尔先生》(*Mr. Siegal*)。乐队名字系隐喻和启示，"脑袋"是马利托，"身体"是他的手下们，下文的歌名《平行生活》是罪犯们多重人格的写照，《勇敢的队长》则指席尔瓦警探。

② 大麻提炼物。

"比如，我小时候看见过费德里科舅舅，但他那时候已经死了两年了，我还和他说了话。"

她注视着他，神情严肃专注，同时用轻柔的动作卷着烟。当两个人开始抽烟后，他开始讲述自己的故事，因为这样一来就像是在讲述他自己一段失落的生命时光，他从没对任何人讲过自己儿时的岁月，那个时候那段死一般的牢狱时光还未到来。

"费德里科舅舅是个厉害的家伙，他垮过两三次，但总能活下去。他喜欢赛马，身材也很好。他住在坦迪尔市，我总去那里看他，和他待在一块儿。他有个机修车间，修的是'凯泽'牌轿车，生意很好，但有一天他儿子在做焊接的时候被电死了，那场事故很荒唐，一根电线短路了，我舅舅眼睁睁看着他死去。他没赶上，等他把电线拔掉的时候，'小年轻'已经死了。从那时候起我舅舅就开始自暴自弃，谁也不想见，躺在床上度日，他合上百叶窗，成天抽烟、喝马黛茶，成天冥思苦想。他把马黛茶叶倒在报纸上，倒在地上，最后他的房间成了一片草原，一座被干燥的马黛茶叶铺出来的绿色岛屿，谁也进不去，连窗也开不了。""小男孩"讲道，这些是女孩后来透露的，"他总说第二天会起床的。有天下午我去看他，他在床上躺着，面朝墙壁什么都不做。'你好吗，小男孩？你什么时候来的？'他对我说道，然后好一阵没说话，'我不太想起来，'他说，'帮我个忙，买一包"超强"牌香烟给我。'我走到门口的时候他又叫住我,'小男孩,'他说,'还是帮我买两包吧,我要两包。'"

"那是我最后一次见到活着的费德里科舅舅,""小男孩"说着,深吸了一口大麻烟,烟雾让他从喉咙口到肺部深处都充满辛辣的感觉,"因为一周后他就死了,然后从那时起,他就开始经常出现在我面前。"他突然大笑起来,仿佛刚说完一个非常有趣的笑话。他笑得停不下来,而那女孩也开始和他一起笑,并把大麻烟递给他。"那可奇怪了,因为他死了,但他站在我面前的时候模样挺清晰的。我当时知道他已经死了,但那并不重要。那时候的我,和'小年轻'死时的岁数差不多,十六七岁,所以他才来找我的,我们之间就像从这儿到墙那边的距离(我看见了他,我当然知道这是幻觉,但我当时看着他就好像我现在这样看着你),他抽着烟,没和我讲话。他笑着,虽然我和他讲话,但他听不见,他一直在那里站着,有点佝偻,每次烟灰快掉下来的时候,他就笑。""小男孩"自己也笑了起来,因为他突然意识到自己正在对这女孩说些什么,"那是鬼……在对我显灵,我从没和别人说过,但我说的都是真的。"

"我知道。"她说着把烟递给他,"我之前说你有些让我捉摸不透,指的就是这点。我想说,你看上去在这一边,但你的灵魂在另一边……"哈希什,也许正因为这是哈希什而非大麻,她的语速才会变慢,仿佛每个词都要斟酌一番,"你在这一边干什么?"

"我在旅行途中，我要去墨西哥。我在瓜纳华托市有个朋友……可怜的姑娘……"他说话的时候不知道自己具体在指代谁，他想到的是这个乌拉圭女孩，还是他那叫做"王后"的男性朋友？后者因为厌倦了自己的城市，去瓜纳华托生活了。他还想到了自己的母亲，可怜的母亲应该已经知道警察正满世界找他了吧。"我妈妈，"他说道，"她想让我学建筑，她想要个会造房子的儿子，因为我爸爸有一家建筑公司。"

这烟越抽越忧伤，总是如此，愈发伤心的同时愈发放松，他感到思维变慢，但头脑清醒。

"我也在旅途中……我是离家出走的。让我想想，我都快忘了。"她说道，先把用修眉夹夹着的烟屁股递给了他，随后跪着在床底下找起了东西。

她从床底下拿出一台"温克"牌播放器，然后把唱片放了上去，是"脑袋和身体"乐队的两首歌曲（歌名是《平行生活》和《勇敢的队长》，女孩已经听了好几个月，每时每刻，无法停下，只听这两首，正面反面来回播放[①]，唱片上已经有了划痕）。

"我们来听歌吧？"

"好啊……""小男孩"说。

"我只有这一张。"她说。

[①] 四十五转唱片每一面只有一首歌，有两首歌的是双面唱片。

《平行生活》的音乐响起，他们边随着音乐节奏摆动身体，边抽着烟，一直抽到眉毛夹烫到嘴唇。廉价唱片播放器的唱针吱吱作响，但旋律依然着魔般地跳动着，两人开始和着摇滚乐唱起了英文。

> 我把所有钱都花在了一家墨西哥妓院里，
> 街对面有一座天主教堂。
> 如果我能找到一盒火柴，
> 我会把这家酒店烧掉……

那女孩唱着，他则用蹩脚的英语和着，伴随音乐愉悦又激动地叫喊着。

唱片停止转动的时候，"小男孩"和她一同躺在床上，他握着她（非常凉）的手，在一种带着思念和失落的情绪中将手压在自己身上，然后闭上了双眼。

"'小男孩'，"她对他说，语气有点困惑，但充满感情，仿佛是要说出大是大非来，"我很了解这种情况，你得假装什么都不在乎，然后和那些真的什么都不在乎的人一起向前走，不然你就会沉沦下去……"

他注视着她，等她继续说下去，她用手支着头，在一段漫长的停顿后亲吻了他。他喜欢这女孩充满困惑和激情的说话方式，仿佛是想让自己显得一本正经，或者更有文化，所以用了一些自己完全不懂的词汇。

"你在找寻你所不了解的东西,因此陷入绝望。"她说着播放起"脑袋和身体"乐队的另一首歌(《勇敢的队长》),歌曲音量很大,仿佛在用一种更为猛烈的方式演绎着他们的人生路。

"告诉我吧,勇敢的队长,"她唱道,"为什么恶人如此强大。"

"把衬衫脱了。"

"小男孩"开始脱她的衣服,她震惊地坐起身来,突然觉得被冒犯了。

"你们总说自己是爷们,为了展现阳刚就和女人做,还说和男人做爱只是为了钱。如果你真的想要放下一切逃回自己的世界里,为什么不那么做呢?现在就放下那些吧,然后出去找份工作。"

"我一直都在工作,另外我不想讲这些烂事。"他的回答充满了戒心。

"但你总是重操旧业,和男人搞,对不对?你喜欢男人对不对?"

她很真诚,也很直率,他严肃地点了点头。

"没错。"

"什么时候开始的?"

"我不知道,这有什么关系吗?"

她拥抱了他,他不自知地又说了起来,仿佛只有他一个人在场似的。女孩开始用一只圆碗加工哈希什,随后装进一根细长的烟斗里，碗里的毒品在燃烧时劈啪作响。

那是种疾病，一种夜晚出门流浪、四处寻找羞辱和欢愉的疾病。

"我好无聊。""小男孩"说，"你不觉得无聊吗？我对男人的渴望是一阵一阵的，如果很长时间不出门的话，我就会开始觉得无聊。我已经结婚了，我老婆是教师，我们住在利尼尔斯区，还有两个孩子。"谎言能帮他组织语句，他透过毒品的火星看着女孩发光的脸庞，随后他感受到手指间烟斗的温暖，以及烟向下游走进入他的肺，体会到一种差强人意的愉悦。"但我对家庭生活没兴趣，我老婆是个圣人，孩子是一对小猪。只有我兄弟理解我，我的孪生兄弟。我有没有对你提过他？别人叫他'高乔人'，因为他在乡下待过很久，在多洛雷斯……他的精神有问题，沉默得很，还幻听。我照顾着他，我爱他胜过爱我的老婆和孩子。这有什么不对吗？人生——"对他而言，要把这些思绪串起来太难了，"人生就像一趟装着货物的火车，你在夜晚见过装着货物的火车行驶吧？慢吞吞的，没个尽头，它开过的时候好像长得没个尽头，但到头来你会看着最后一节车厢尾巴上的红色信号灯，看着它远去。"

"你说得很对。"她说，"就是夜晚穿过农田的那种运载火车，你要再抽点儿吗？"她问他，"我还有，这货不错，对吧，是巴西货。我小时候在村里见过火车开过，上面总有个把穷叫花子，那些车从南边上来，一直开往南里奥格兰德州①。"

两人一动不动,仰头沉默许久。偶有火车开过的声音,让"小男孩"回想起小时候那些在贝尔格拉诺住宅区驶过的大货船。这时候女孩子开始脱他的衣服,"小男孩"转过身亲吻她,抚摸她的乳房,她坐在床上迅速褪去了衣服。她的皮肤很白皙,在光线昏暗的房间里就像一盏灯。

"等等,"就在他即将进入她的时候,她光着身子从床上跳了起来,然后去厕所里拿了只避孕套回来,"没人知道你们的鸡鸡之前去过哪儿。"她粗鲁地说道,仿佛变成了另一个人,仿佛之前的一切都是游戏,游戏结束了,她将开始扮演妓女的角色。他抓住她的手腕,打开她的手臂,把她按在床上,一边亲吻她的脖子,一边说话。

"你呢?"他不让她动弹,"市集那块儿的每个毛头小子都操过你……好几次。"话说出口他便后悔了。

"我知道。"她的喘息充满了悲伤。

随后,两个人急切地抱住彼此,她对他说:"我还没告诉你我是谁。大家都叫我吉赛尔,但我的名字是玛格丽特。"她摸索着把他的阴茎放到双腿间,"慢一点,"她边说边引导着他,"来吧。"

他们停下来抽过几次烟,听了几回"脑袋和身体"乐队的唱片,最后她转过身去靠在窗台上,撅起屁股,"小男

---

① 南里奥格兰德州是巴西最南部的州,与阿根廷、乌拉圭接壤。

孩"慢慢地插入，直到自己的肚子被女孩的臀部顶住。

"全部插进来。"她说着转过头亲吻他。

他按着她的后颈，那里的毛发又粗又硬，她再次转过头来，睁大着双眼，发出了呻吟，用温柔的声音慢慢对他说话，她喘息着，仿佛是在道歉。

"我要用屎涂满你的鸡巴，把你的脑袋也装满屎。"

"小男孩"觉得自己快射精了，便向后倒去。

拔出来后，他用床单把自己擦干净。随后他平躺着点了一根烟，女孩抚摸着他的胸膛，几个月来始终醒着的他，终于头一次睡着了。

那晚之后的一周，他会时不时地去市集的咖啡馆看她，然后两人一起待在那间空房子里。他们听的依然是"脑袋和身体"乐队的那张唱片，依然是那两首早就背熟了的歌曲，他们依然会抽点哈希什，依然会聊到双双睡着。他开始留钱给她，她也自然而然地接受了。

在此以前，但并非很久以前（根据事后的报纸报道），这个乡下姑娘心怀着无数对资本主义都市的向往，从内陆地区来到了这里。她从内格罗河的另一头来，但河堤下的流水无法折射出她的成长史。她散发着年轻美丽的女人所特有的新鲜感，带着热忱期待，南下来到了蒙得维的亚。她的身影出现在城市夜晚的缕缕灯光中，也出现在"波南萨"歌舞厅中，随后她去了一家叫"再见"的歌舞厅，最后是市中心一家叫"红磨坊"的歌舞厅，她在那里认识了一个朋友，带她做高级的生意。那个朋友是歌舞厅的老板之一。

这家歌舞厅的老板，把那套公寓租给了两个从东部地区来的农民。房子在中心地段，租金低廉，也配备了"单身公寓"所需的一切。但这份建立在夜晚定期联络上的友谊也让乡下姑娘在这公寓里住了下来——两位新房东给歌舞厅老板"帮了个小忙"。

此后，球越滚越大，事情越来越复杂，房子的钥匙越来越多，时不时有新面孔住进来。比如，前天晚上，歌舞厅的服务员在那里过了夜，把自己的证件、一些私人物品和几件衣服都留了下来。总之，在这间位于胡里奥·埃雷拉-奥贝斯街的公寓里，苍白夜色下的常客们也许会不期而遇。不必惊讶，在这连锁的因果关系和各色真假房东中就隐藏着一切错误的关键：把布市[①]的男人们往公寓里带。有人说过：歌舞厅昏暗的角落里策划出来的友情，天一亮就不复存在了。

---

① 指布宜诺斯艾利斯。

五

露西亚小姐看到有两个男人在给街角旁的一辆"斯图贝克"牌轿车换车牌,觉得有点奇怪。其中一人拿着螺丝刀,也许是把小刀,她从远处分不清,那人在撬车牌上的螺丝钉;与此同时,还有个脖子上缠着绷带的金发高个儿,手里拿着另一块车牌。她平时睡在面包店后面,这天,黎明时分她就醒了。她还得把灯打开才能开店,因为天还黑着。她边喝马黛茶,边透过橱窗望着两个男人的身影,他们靠在轿车上,相互嬉笑。或者这是露西亚的印象,因为就她所见,两人始终无忧无虑,光明正大,好像也不怕被人看到。他们看起来更像是在给汽车换轮胎。

露西亚是个细心的人,面包店的工作也赋予了她特殊的观察能力,(她宣称)那几乎就是第六感,因为她能记住每一位顾客的长相,哪怕几天后在其他街上路过也能认出来。可是,她无需任何特殊的能力也能察觉到街角旁的人是在给"斯图贝克"牌轿车换车牌。蒙得维的亚的这个街区里,所有人都互相认识,不太发生新鲜事或者怪事。从她开始在这店里上班那天算起,她只遇上过一次,有个男人神色慌张，随后就突然死在了人行道上——死因是心脏病突发。他张着嘴躺在街上，无法呼吸，试图用一块白手绢盖住自己的脸。露西亚走上前去的时候，那个男人已经死了，她一个人守着店门口的这具尸体，后来街角药店的老板过来打电话叫了救护车。

这一次的事情完全不同，在为时已晚之前她也许能做些什么。于是她拿起了电话，又迟疑了起来，因为她不想掺和别人的事情，随后她感受到一种怪异的情绪，仿佛自己掌握着某些重要的事情，她报警了，随即关上了店里的灯，暗中继续观察。

她又感受到了自己所谓的"恶魔的诱惑"，那是一种想要破坏或者目睹其他人破坏的冲动，她自幼便和这诱惑搏斗。比如，当那个男人昏厥的时候，她一动不动，看着他死去，她始终觉得，当那个男人面色铁青地挣扎着、在人行道上窒息的时候，如果她能有所作为，而不是受好奇心摆布无动于衷的话，也许就能救下那个后来脸被白手绢盖住的男人。而此刻的她却毫不犹豫，报完警后就开始等待。那看起来就像是普通偷车案，她绝对无法想象，自己将会目睹什么。

透过橱窗，蒙得维的亚这个安静街区里的小面包店便能监控整条街。"比电影更精彩。"露西亚·帕瑟罗小姐随后表示。

一场真正的鲜血狂欢（根据报纸报道）就这样在

一九六五年十一月四日（星期三）的乌拉圭上演了，起先是恩里盖塔·科姆特-里克大街上靠近马尔马拉哈大街的面包店里有人注意到对面街边的红色"斯图贝克"牌轿车里有两名男性在平静地抽烟。

过了一会儿，来了另一辆车——一辆黑色"希尔曼"牌轿车——另两名陌生男子从车上下来，把一袋东西交给了之前的那两个人。他们回到车上，开着"希尔曼"牌轿车离开，然后停在了另一头的街角。"斯图贝克"牌轿车里的两个人下了车，他们的任务是用刚才拿到的包裹里的东西，把车牌换了。

拐角处来了两名警察，他们走到车停着的地方，"乌鸦"梅勒雷斯先看到了他们。

"有条子。"他说道。

"乌鸦"打开了车门，倚在挡泥板旁，平静地抽着烟，警察正向他走来。他们中有个黑人，确切地说是黑白混血，五官扁平，发型是爆炸头，另一名警察是个胖子，和这城市中其他的胖警察并无差别。很多警察放任自己，跑起步来气喘吁吁，这种货色只能对付摔倒在街上毫无防御力的小贼，用棍棒殴打他们，或者借这庞大身躯的全部重量踢打他们的肾脏。不过，居然有个黑人，"乌鸦"从没见过黑人警察。也许巴西有，但他从没去过巴西。美国也有，当然，美国电影里的黑人警察会把布朗克斯街头的美国黑人杀掉。这句话在他脑海中形成了一种旋律，而那两个人离他越来越近。他们即将问他证件,梅勒雷斯友好地微笑着。黑人在后,那个胖子走在前面。

"交给我吧。"他对"高乔人"多尔达说。

胖警察摸了下帽子,用两根手指示意他过去,同时不怀好意地看了一眼车里的人。"高乔人"最憎恶的便是警察,那家伙还没来得及喘口气,胸口就挨了一枪。他倒地,但没有立即死亡,而是呼喊着在人行道上寻找掩护。另一名警察,那个黑人,先是跳开,随后蹲在轿车后面开起了枪。

"坎希拉,"黑人说道,"呼叫总部。"

坎希拉应该有一部对讲机,但他没法去用。他躺在窨井盖上(露西亚能清楚地看见他),胸口染满了鲜血,他喘息着,声音像是在打呼,挪动着手去遮挡伤口,也许是试图止住大出血,他的喉咙里也已经都是血了。

多尔达从"斯图贝克"牌轿车的车窗里伸出手来,对准坎希拉的胃部又来了一枪。多尔达笑了起来。

"去死吧,你这头猪。"说着又瞄准了另一名警察,这时候"乌鸦"发动了轿车。

但那黑人非常勇敢地冲向前来,同时用点四五口径的手枪对他们射击,"双胞胎"趴下身,因为和他们一起来的乌拉圭人受伤了。

黑人在马路中央停下,继续对他们开枪,梅勒雷斯在轮胎的嘎吱声中加速将车开向转角。黑人在枪战中用尽了所有的子弹,就躲在药房的门框后重新装子弹。然后(露

92

西亚·帕瑟罗继续说道）他继续开枪，直到罪犯们的车子消失不见。一切仿佛是放给她一个人看的电影，一场难以忘怀的经历，那些人蹲着交火，冰冷的脸庞，坚定的眼神，牛粪味的火药，近乎栗色的鲜血，轿车逃离现场时轮胎发出的噪音，以及双手举枪的黑人那冷静的身影，他双脚分开站在街上，如此坚定。我看见了，那女人说道，这群坏蛋中有一个人受伤了，她还清楚地看见轿车从面包店前开过的时候，有颗子弹打穿了后座的窗玻璃，也看见那伙人中的一个颤抖着摸了摸腰带，随后看着自己沾血的手。

"我中枪了。"乌拉圭人低头看着手上的血，又用手按住腹部。此刻的他很平静，面色苍白，刚才发生的一切把他吓坏了，他还没反应过来。他叫亚曼度·雷蒙德·阿塞韦多，从没受过伤。他答应了阿根廷人去干偷车的活儿，因为他们给了很多钱，并且保证，把他们带去国境线的话，还会给他更多的钱，他们要去南里奥格兰德州，就从北边的圣安纳市入境。

"我们不能带着你走了。""小男孩"布里尼内冷静地当面对他说道，"抱歉了，兄弟，你得下车了。"

"你在让我送死，'小男孩'，现在你可别抛弃我这个中枪的人，看在上帝的分上，求求你了。"

亚曼度一脸死灰地看着他，他先恳求"小男孩"，随后去求多尔达，后者双膝间夹着一把贝雷塔手枪。

"你已经被废了，亚曼度。""高乔人"说道，"你得自己搞定，我们还得继续前进，你不会有事的。"

"你这个布市混蛋，别把我交给警察，我们去找马利托，让他来决定。"多尔达举起贝雷塔手枪，对准他的脑袋。

"你该谢我不杀之恩，如果你被抓住之后告密的话，我一定会找到你，把你阉了。"

"臭狗屎，你们不能这样对待别人。"乌拉圭人说。

"乌鸦"稍微减速，亚曼度打开了车门。为了不被他们杀死，他只能离开，他从车上跃出，摔在了街沿上。

轿车加速，多尔达拿出武器对着窗外开枪，但没能打死他。对于亚曼度而言，这就是阿根廷人集体堕落的证据，因为干这勾当的人之间有着不成文的规矩和暗号，大家应当相互尊重。谁都不能抛弃受伤的伙伴让他自生自灭，谁都不能像对待告密者一样杀死忠诚的同伙。他们都是刽子手，亚曼度说道，那群人完全活在谵妄里，他们想沿着泛美高速公路开车去纽约，一路上就靠抢银行，还有抢药店来维持毒品供应。他们对这个主意可入迷了，研究了地图上的所有辅路，还计算过到达美国要花多长时间。他们都疯了，一心想着去给纽约的波多黎各黑帮打工，混进去，混进拉丁帮派，在那个没人认识他们的地方从头来过。他们连蒙得维的亚市中心都没逃出去，还想去纽约，只因为"小男孩"曾听那个向他们告密的探戈歌手说自己认识一个在纽约开餐厅的古巴人，他们就想去找他做合伙人，简直一派胡言。我这辈子，亚曼度继续说道，都没见过如此这般的家伙们。亚曼度的说法有些夸大，这是毫无疑问的，因为他想要减短自己的刑期，想要把自己塑造成一个单纯的线人，给阿根廷人打下手，被他们逼着做自己并不愿意参与的勾当。

"他会招供的。""高乔人"在为没能杀死他大发脾气，"他会把我们全供出来……他什么都知道，那些藏身之处他都知道，我们现在该去哪儿？"

"冷静下来，让我想想。""小男孩"说。

"想？你打算想什么？那家伙会招供的，狗娘养的，我们得回去杀了他。"

"他说得对。""乌鸦"边说边全速往回开，开回他们让乌拉圭人下车的那条大道上。但当他们到达的时候，亚曼度已经爬进了一片荒地中，他躲进一家理发店的深处，准备等天黑了再逃命。这地方像是个隐秘的展厅，他身边尽是奇形怪状的吹风机、白色的真皮旋转椅、中间有个圆托的洗头盆、各种卷发器，他听到了轿车的引擎声，听到他们开回来在街上找他，甚至觉得自己听到了（抑或在想象中听到了）"高乔人"像召唤小猫一样喊着他。"咪咪，咪咪，咪咪。"这符合他的作风（根据亚曼度的说法），因为他就是个彻头彻尾的变态，疯子，完全听命于"小男孩"，而后者比毒蛇更冷血，对一切都毫不在意。

他们在周边转了几圈，甚至从亚曼度藏身的破棚子前开过，但没能找到他，一群人于是撤离了市中心，因为他们听见了警笛声，警车正向他们逼近。警方此时肯定已经获得了车辆的信息，而乌拉圭人落网的时候，也会把指认他们所需的一切全盘托出。马利托和往常一样只身一人躲在波西托斯一带，没人知道他的藏身之处在哪里。他正在找关系，万一偷渡去巴西的计划失败，他就准备回布宜诺斯艾利斯。当时他应该已经知道出事了。

"我们得收拾起来了，""乌鸦"说，"准备撤退。"

"好的。""小男孩"说，"我们试试吧，争取比条子早到。"

他们确信亚曼度会被逮捕，而且他一定会出卖他们。他们回到了安全屋，那个他们打从抵达蒙得维的亚起就把自己活埋起来的地方，一群人带走了钱和武器，五分钟后，警方才到。从那以后，他们也和所有"南多"介绍的帮手切断了联系，并开始找地方藏匿。在这样的困境中，他们就像是麻风病人一样被整个世界嫌弃了。

"我知道去哪儿了。""小男孩"布里尼内说。

"你有地方？""乌鸦"说。

他们在滨海步道旁的一条曲径上停下了脚步，此前他们在罗德公园的树丛里藏起了轿车，还坐在踏脚板上把啤酒瓶一个个对着嘴喝个精光，车门敞开，后排的座位已经被他们扔掉了，钱和武器就堆在空出来的洞里。

"你们在这儿等我。"

"小男孩"穿过马路，走进一家咖啡馆，在走廊尽头找到了一台电话机。

与此同时，亚曼度已经在一家女士理发店里被捕了。警方在店铺深处发现了他，他弯腰蹲在那里。尽管腹部受伤，这名枪匪依然试图逃跑，却未能成功。他跪着求饶，最后把同伙们都招了，让人知晓了他加入这群人的过程。

"别杀我，"他说道，"都是那群布市佬干的。"

被捕者就是亚曼度·雷蒙德·阿塞韦多，乌拉圭国籍，前科累累。他被带往军队医院接受初步治疗，医生们负责让他保持清醒。

警方盘问雷蒙德时，他承认自己参与了导致坎希拉警员死亡的那场枪战，同时还承认曾想和阿根廷犯罪分子们一起离开，直到那群人后来想要杀他——亚曼度——因为他当时受了伤无法逃跑。他的长篇证词再现了枪匪们抵达蒙得维的亚后的行动，警方则立刻展开了一系列搜查，意图拦截帮派成员与外界的联系。

警方搜集到了关于这四人外貌特征和性格特点的充分资料，便与河对岸的邻国警方联系（根据报纸报道）。随后警方收到一套照片，确认他们就是那伙阿根廷人。亚曼度从照片中指认了四人团伙中的三人——梅勒雷斯、布里尼内和多尔达，相反地，他对恩里克·马里奥·马利托的行踪一无所知。

罪犯圈子陷入了"警觉状态"，因为随着调查展开，本地的杀手、诈骗犯、走私犯们和布市枪匪们暗中勾结的事情也逐渐明朗，现在他们都害怕遭到警方报复。最新的说法是：马利托一伙人已经出发前往科洛尼亚，孤注一掷地准备过河回阿根廷。今天（也可能是昨天），走私犯奥马尔·布拉希·兰迪尼连同他那怀孕的老婆和两个小孩一起被捕，原因是为那伙人提供了位于圣萨尔瓦多大街二一〇八号——海关官员佩德罗·格拉瑟私宅内的住处。警方随即追踪到了阿根廷籍罪犯埃尔南多·埃吉林——"南多"，他曾是贝隆政府时期的国家解放联盟成员，兰迪尼指认他为所有外国逃犯抵达乌拉圭后的关键人物，是逃犯们与乌拉圭犯罪圈子间的联络人。

十一月五日，星期五。兰迪尼被警方以参与青少年团伙"小鱼帮"的犯罪活动的名义逮捕，随后在警察局内，警方终于挖出了埃吉林的踪迹。

目标人物藏在库夫勒街上的一间房子里，他穿着睡衣在剃胡子的时候被找上门的警察吓了一跳。尽管被包围，他还是从房顶逃走了，他试图从屋顶跳到隔壁的庭院里，但最后还是被逮捕了。"南多"表示，他已经与那伙人分道扬镳了，因为"我后来听说，那群人居然想杀掉亚曼度，这种懦夫行为让我觉得很恐怖。我是有原则的人，一个有政治觉悟的罪犯，我为国家正义党运动而献身，我为贝隆将军东山再起而奋斗"，罪犯如是宣称。

"没错，你说得对。"调查部门的桑塔纳·卡布里斯警长回答道，"但你首先是个杀了警察的布市佬，高乔人①。"

"南多"了解酷刑折磨，他明白自己不能开口，忍得越久越好。他们用的是电棒，你一旦开始招供，这玩意儿就停不下来了。他本打算什么都不说，一个字都不说，因为他害怕被逼供出马利托的藏身之处。那是他的朋友，那不是普通人，他是个作风老派的匪徒，一个理想主义者，马利托能够成为迪·乔万尼②或者史卡弗③那样的人民英雄，或者鲁吉尔洛④，或者造假的那个阿尔贝托·莱辛⑤，或者所有遭政府迫害过的坏人。他们会杀掉我的，"南多"如此认为，因为我绝不会把马利托的藏身之处告诉他们。

去行刑室的路上，他尽量不做思考，"南多"尝试让自己的头脑像白布或者白纸一样保持空白。他的眼睛上缠着绷带，可能二十四小时后会被移交给法官。他曾经见过更凶恶的警察，这一次他确信报纸的消息比警方慢，而媒体之后会报道他落网的消息。

事实上，几乎没人注意到埃吉林被捕一事，最受记者和警方关注的事情还是关于阿根廷枪匪们的踪迹又浮出了

---

① 指代其阿根廷国籍。
② 指塞韦里诺·迪·乔万尼（1901—1931），逃亡至阿根廷的意大利无政府主义者，随后加入无政府组织团体。
③ 指美国黑手党团体史卡弗兄弟，因诸多银行劫案而闻名。
④ 指胡安·尼古拉斯·鲁吉尔洛（1895—1933），阿根廷政治家，黑手党成员。
⑤ 阿根廷恐怖组织头目。

水面。这一刻（根据《世界报》记者的报道），拉普拉塔河流域警察史上规模最大的围剿盛宴，就准备"下锅"了。

下午的光景，布宜诺斯艾利斯北部地区警长卡耶塔诺·席尔瓦，乘坐省警察局一架客机类型的飞机，抵达卡拉斯科国际机场，准备与乌拉圭当局合作办案。

下飞机后，席尔瓦走在跑道上，同时接收着来自同行们的信息。

"我们的人碰上他们纯属偶然，那是一场荒唐的事故。他们当时在给一辆偷来的轿车换车牌。"

"他们已经落单了。"

"应该施压。"

"没必要把所有人都逮捕，应该留下几个，放他们自由，让那群布市佬们去联络。"

"亚曼度落网的时候，他们就已经被孤立了。"

"那么，"席尔瓦说道，"他们如果已经被孤立的话，就会改变计划。他们能干点什么呢？他们会尝试离开这座城市。"

"那不可能，所有的道路都被管控着。"

"得通过各家报纸让他们知道，亚曼度现在配合我们工作。"

调查人员的结论是，马利托和他的同伙们口袋里没那么多钱了。购买证件，暗中转移至乌拉圭领土的开销（事后来自警方内部的消息证实，他们当时搭乘了一艘名叫圣莫妮卡的游艇），逃亡期间的花天酒地的费用，藏身公寓的租金，以及轿车的钱都削减了他们的资本。应召男妓卡洛斯·卡塔尼亚自告奋勇地对警方描述了上周末他们花天酒地的事情。那群坏人花钱叫了男人和女人，带着足量的毒品开了两天所谓的"大派对"，干的都是卑鄙堕落的事情。"他们挺好的，"这个十七岁的年轻人说道，"他们送了我一件西装。"

这个年轻人，是首个对警方提及"小男孩"布里内去过萨瓦拉广场的红灯区一事，以及他和吉赛尔的友谊的人。

"我想单独和那女孩讲话。"席尔瓦说道。

公共秩序部门的工作人员，在不计其数的蒙得维的亚夜生活场所——威士忌酒吧、小赌场中搜索着，终于得知那群布市枪匪们在通过圈子里一名年轻的应召女郎（内格罗河来的那个乡下女孩）寻找一个合适的"贼巢穴"。

同时，在与人协商租若干天房子的时候，枪匪们还在筹划前往巴拉圭，为此他们给出的酬金高到离谱。

这桩生意最后落到了在利贝拉赫大楼（胡里奥·埃雷拉-奥贝斯街——八二号）里有间房子的几个人手里，但他们好像和警方有某些关系。

另一个未经证实的版本是，阿根廷人是通过乌拉圭罪犯圈子里一名不起眼的小人物找到这间房子的，而这个联系人（"一个蠢货"）正是为了摆脱这群还欠房租的阿根廷人所代表着的潜在威胁，立刻就把信息"卖"给了警方，而房子真正的所有者和转租人都不知道在埃雷拉-奥贝斯街一一八二号大楼九号公寓里找寻栖身之处的那几只落单小鸟究竟是何许人也。

总之，这是一个漫长而复杂的故事，它囊括了夜生活的每个角落，街坊随口说过，歌舞厅里某个老实的客人很容易不问来路就和走私犯、劫匪和小偷们搭上了关系。那就以警方的说辞为准。与此同时可以确认的是，阿根廷罪犯们昨天二十二点刚过的时候便住进了上文提及的那套房子。

九号公寓属于"单身公寓"，主人是两个从东部地区来的农民，他们从房东手里租来的价格是每月四百八十乌拉圭比索。两人是表兄弟，看上去都是二十五岁的年纪。此外，两人都经常去歌舞厅、港口应召男妓混迹的各种场所。

布里尼内、多尔达、"乌鸦"梅勒雷斯，这群被河两岸警方联手追捕的枪匪们，是如何找到这间公寓的？记者也不知道，但他提出了若干假设。

其中一个版本是：枪匪们从房子的法定所有人——一名祖上来自希腊的乌拉圭人手里买下了这套房子，他也爱去夜生活场所，但他大部分时间住在布宜诺斯艾利斯，而非蒙得维的亚，据说，这个人的姓氏开头是字母K。

K对枪匪们的身份并不知情，他们在旧城区的夜生活场所结识后，后者付了八万乌拉圭比索的头款给他。

除了这些猜测外，还能确认的是，胡里奥·埃雷拉-奥贝斯街上的那间公寓，是警方为逃犯们准备好的"捕鼠器"——货真价实。没人知道具体是如何操作的，但他们用某种办法顺利地让他们逃进了那间公寓。

根据不愿意具名的消息来源，阿根廷人所信任的另一名乌拉圭罪犯是警方的线人，那家伙把相关信息交给了和警队凶杀案件组有联系的人。

另一个版本暗示，是警方间接将房子留给他们的，阿根廷人根本没怀疑过乌拉圭保护人可能已经把他们卖给了追捕者，就一头钻进了"巢穴"。如果这就是真相的话——那就该摒弃阿根廷人预付了八万乌拉圭比索买下公寓的说法——那么警方的行动想必非常周密，因为逃犯们了解这片区域，也知道追捕者有多危险。

如果逃犯们逃窜到街上，枪战在所难免，这对蒙得维的亚的居民们来说太危险了。警方必须把罪犯们集中在一个地方，据说，他们为此动用了总部的人际网络，撒网找寻一处可称为安全的住所——中心地段、舒适、配备家具，与此同时，阿根廷人正等着联络人帮他们偷渡，根据"南多"的证词，他们准备前往巴拉圭。

如果事发经过确如上文所暗示，那么，逮捕这群阿根廷人的计时器，就是在晚上十点被按下的。

早些时候，下班后会来这房子里住的那名二十一岁的乡下姑娘，身穿浅蓝色上衣正准备出门，一切都如同往常，她要去市中心的歌舞厅里度过夜晚的时光，等待日出。她的包是黑色的，鞋子也是同色系的，对于即将发生的事情，她丝毫不知情。

晚上十点整，楼下的对讲门铃响了，一个陌生男子的声音说要和那个内格罗河来的乡下姑娘说话。她开门让他进来。

来者是一名警察总部的高官，在歌舞厅上班的女孩（玛格丽特·塔伊波，也用吉赛尔这个假名）如是说道。

"出去……马上从这里出去。"那个男人对她说道。

女孩果真立刻出了门，连妆都没化完，那个高级警员在一段距离开外尾随着她，公寓现在是空的，仿佛是在等猎物上钩的陷阱。

晚上十点十分左右。

从内格罗河北面来的乡下姑娘去了女朋友家里，她五月二十五日的时候曾去那里住过，随后，她和那姑娘的朋友们一起坐上一辆巴西车牌的轿车去了歌舞厅。

警方情报人员很熟悉这间房子，陷阱就是他们布的，而自打枪匪们对外联系要找"巢穴"起，他们就对这群人的一举一动了如指掌。

一个版本的说法是，警方在这地方装满了话筒，目的是要调查那笔钱的下落（约五十万美金）。还有人说监控和监听系统早在枪匪们到来之前就装好了，目的是监视歌舞厅老板潜在的犯罪行为（主要是毒品交易和白人性奴）。无论如何，这一试图追回赃款的行为（根据某些情报），让行动中那个奇怪的失误情有可原了。

众所周知，时下警方办案过程中常会为罪犯们布下"捕鼠器"。具体方法就是，在家里，或者公寓里等着追捕对象，因为他们很清楚，后者出于某种原因必须前来此地，然后在他们能够展开防御前来个出其不意。

而在本案中，警方似乎犯了个错。他们下的套是从外往里的，而不是从里往外。如果警方在要求九号公寓里的年轻女房客离开时将那个地方包围，他们便能阻止罪犯们进入这个巨大的军火库，阻止他们在随后的围剿中顽固抵抗至动笔写下这份记录的时刻。

然而（阿根廷）警方还有其他的目的，最有可能的是，他们想要杀死这群罪犯，而非活捉，如此一来便能防止他们指认暗中参与了劫案却未能分到赃款的官员们。

能够确认的是，枪匪们驾驶着红色"斯图贝克"牌轿车到达大楼车库的时间是十点十一分。

"小男孩"布里尼内走楼梯上楼，"乌鸦"梅勒雷斯和"金毛高乔人"尾随其后。"小男孩"把钥匙插进锁眼里，轻轻一用力后，公寓门便开了。

六

胡里奥·埃雷拉-奥贝斯街上的九号公寓里,所谓的"单身公寓"是一间涂着淡绿色油漆的小房子,几乎没什么东西。房门(门铃坏了,想和房客联系必须通过街上大门口的对讲门铃)朝向一条逼仄的走廊(为《世界报》撰写警务专栏的男孩子写道),那里还有其他公寓的房门。公寓在二楼,因为全楼只有三层,所以没有装电梯,这些细节都应该牢牢记住。

如果有人来访,他们最先看到的应该是四米乘三米大小的客厅兼餐厅,然后厨房在左边,墙上有扇小窗能透进些许光线。厨房里有个大理石台面,中间是个水槽,下面是碗柜。访客会发现客厅兼餐厅里几乎没有家具,墙上也空空如也。客厅和厨房之间也没有门。

进入客厅后,随即便能看见三扇门,分别是两间卧室和厕所门。

第一间卧室也有扇小窗,这间是那个内格罗河北面来的乡下姑娘的卧室,里面有一张可架起的衣柜床,一张(玻璃台面)小圆桌和一把椅子。除了床旁的台灯和床头一张她的照片之外，再无他物。空荡荡的墙面，这种地方总营造出一种不安定的气氛。

下一间房也有一扇透光的小窗，同样是一间卧室。公寓的租客们和很多临时来客都会用这房间，他们有些人莫名其妙地有了公寓的钥匙，或者从别人那儿借钥匙。房间中央有一张双人床，左边靠墙是厕所，右边靠墙则是一个衣柜，小窗上还有另一扇可开启的窗。这间卧室和那个内格罗河北面来的乡下姑娘的卧室之间，最显著的区别便是她房间里的木地板很光亮，墙壁也干净，这间则恰恰相反。这里没有固定的住客，没有人有责任维护它，连爱护使用都做不到。

最后是卫生间，里面只有最常用的物件。一个"通用电气"牌烧水壶，一个用蓝色塑料帘围出来的淋浴房，浴缸正上方，有一个可以开的透气小窗。

"另一边没别的东西了，只有院子。"

梅勒雷斯站在浴缸边沿，在窗边向下探头张望。灰色的墙壁，明亮的窗户，下面是一座棚屋的金属板屋顶。"小男孩"和多尔达去起居室了。

"看呀，有台电视机……"

"我不是和你说过，这里家具还挺齐全的……"

"哎，你闻闻这厕所里的臭味……"

"然后，""小男孩"继续说道，"我们就走了，还记得吧，你这疯子，我们想去墨西哥的，我那会儿有个朋友，他买了本护照，上面敲了很多入境章，他叫苏亚雷斯，这名字帮了他不少忙，最后他在墨西哥被人杀了……"

"可是你听我说啊，突嘴巴，为什么要去墨西哥呢……那里的海拔会把你的耳朵刺穿。我在拉巴斯的时候，刚把房间里的窗子打开，我就流鼻血了。"

"但我说的是，要去纽约的话，有一条从火地岛延伸到阿拉斯加的道路，你明白吗？你看，这条路在地图上就像一条线，走呀走，在丛林中断了，这是德国人开的路，他们带了挖掘机过来，他们让印第安人干活，然后，你骑自行车的话两年能到达。"

"我就赖在这里，抱着靠枕就行。我们去吃点儿东西吧。"

他们买了鸡肉还有威士忌还有腌牛肉还有够吃一星期的食物储备，万一出不去的话也有东西吃。"哎，马利托会过来吗？"梅勒雷斯边吃鸡肉，边喝用厕所里的塑料杯装着的威士忌，"我们应该等他吗？那个乡下姑娘认识他吗？"

"我派她去通知他我们在这里了。""小男孩"说道。

"我在电视里看到，如果你从电影院后门进的话，就能抢劫，从那个放电影的小房间里进去……你走进去，封锁住出口，对着所有人朝地上开一枪，然后拿着在场观众的钱从放映室的窗口逃走。这是完美的计划，四周黑漆漆的，电影继续播放，能把噪声盖住。"

"你怎么会从电视里看到这种东西？"

"那是个有关公共场所保安失误的节目……你知道抢电影院能赚多少钱吗……"

他们必须等马利托带着新的轿车和证件过来,随后天一亮就跟着他往北逃,躲在农田里,躲在杜拉斯诺或者卡内洛内斯的庄园里。

"所以,你觉得一切都该交给命运决定……他来就来,不来就不来,这算什么?我觉得这笔账不划算。"

"的确不划算,但没别的办法了,我们只能继续待在一起等。"

"我们最好在这里待一个礼拜,等一切都平静下来再说,我喜欢这个地方。"

"可是,马利托今天晚上会来吗……"

"听着,如果你想一个人逃走,你可以试试去冒这个险。"

"你别咒我,你想干什么……"

"你是怎么认识那个想带你去墨西哥的大饼脸的?"

"我是在玻利瓦尔认识他的,他开着一辆带边车的'哈雷500'摩托车去乡下的小树林里转悠,用点四五口径的手枪打野兔,他还在耕地里转悠,戴着头盔和大墨镜,农民们杵在铁锹旁看着他,他也看农民,他们就对看,那疯子想让摩托车腾空,摩托车嘛,嗯,它们就像飞机一样,所以他的摩托车一直是腾空开的,因为他就是个疯子,是个不折不扣的疯子,懂吗?他把女儿关在农场的阁楼房间里，因为那女孩儿长得像她妈妈，大饼脸逼她打扮成那个死掉的女人的样子，逼她在他面前走来走去，我也不知道他还做了什么。然后，他去了墨西哥以后给女儿写信，你可不知道那个姑娘，一对奶子，棒极了，甚至在他被杀以后那姑娘依然能收到来自她爹的情书，不知道是谁写的，那女孩儿都快疯了……"

梅勒雷斯从厨房里拿了牌和一罐鹰嘴豆出来，武器和钱都在隔壁房间，他们准备太太平平地度过今晚，等着马利托来找他们。

"我找到了几副牌，我们来玩三人扑克吧。"

"好啊，每粒鹰嘴豆代表一万块钱，我来发牌，看该谁先出牌……"

然后，他们听到了蜂鸣器的声音，甚至在声音响起前的一刹那，他们就已经听到了金属的蜂鸣声，随后才是有人找上门来的声音。

他们已经在小藤桌上玩了一阵子扑克，桌上盖着白色的厨房用纸巾，他们头顶有一盏吊灯，房间朝向大街，这时候金属的蜂鸣声出现了，听起来很像老鼠发出的"吱吱"声，或者是魔鬼发出的"嘶嘶"声，先是麦克风通电后的金属蜂鸣声，然后是让他们投降的声音。

警察来了。

他们听到了一种失真的声音、一种假声、一种典型的蠢猪的声音，扭曲又傲慢，传递出的唯一情绪便是要惩罚他们。喊叫的一方相信对方会听命,否则就会完蛋。这是代表着权威的声音,是回荡在地牢的扬声器里、医院走廊里、半夜把囚犯们从空荡荡的城市运往警察局地下室鞭打和电击的囚车里的声音。

梅勒雷斯看了一眼"小男孩"。

"条子。"

心跳飞快,脑海中闪现出一片白光,而思维像水蛭一样紧咬住大脑。一瞬间,人已无法思考。最可怕的事情,生命中最糟糕的事情,总在毫无防备的时候骤然发生,人虽然有所预见,却来不及适应,它让人不知所措,但又不得不采取行动、作出决定,所以它成了最糟糕的事情。暗中最担心的事情总会发生,而长久以来,他们都觉得已经被警察盯上了,脖子后面都能感受到警察的呼吸,这个巢穴过于安静,过于完美了,他们本该开车在街上转几圈,想出一个逃离城市、躲过警察监控的办法,他们想过,但当时他们已经走投无路了,而且没有人提出意见,来不及了,警察来了。

"我们知道你们的身份,你们已经被包围了。"

"九号公寓里的人,举起手出来。"

"小男孩"关上了灯,"高乔人"冲进小房间拿出了武器,他把汤普森冲锋枪、哈尔孔九毫米口径冲锋枪和短管手枪放在地板上装子弹,他面对着窗口,"小男孩"和"乌鸦"已经在窗边靠墙站好。

大街上冷色调的灯光照了进来，给这房子添了一丝幽灵般的光泽。白色警灯透过百叶窗的间隔，在房间里打出一条条浮满灰尘的光带。三人身上也印满了光带，他们把头探出窗外，试图搞清楚状况。

"一定是那个婊子……"

"马利托在哪儿？"

"他们有几个人？为什么不上来？"

他们在暗中移动，试图找到警察所在的位置。他们的第一反应是他们在这极度可怕的危险中不得不摸黑移动，就好像某人走在夜晚的农田里，觉得自己会摔跤，便凭空挥舞双手，仿佛黑暗中有一张无形的电网。房间里唯一的光亮来自开着静音的电视机，多尔达在角落里打开了装着冰毒的袋子，他一手拿枪，一手把冰毒倒在手表玻璃上吸食。当时是晚上十点四十分。

"你们被包围了。这里是警长对你们说话，出来投降。"

黑暗中，"小男孩"蹲着，小心翼翼探头看窗外。街上有阴影，两辆警车，大楼外都是探照灯。

"你看到什么了？"多尔达问道。

"我们完了。"

多尔达把冲锋枪放在地上，靠墙坐着，他打开了一个金属镀银的长方形小盒子，然后迅速朝自己的右臂血管里注射了可卡因。他这么做是因为自己又听到了遥远的声音，女人温柔的声音，而他不想听到这些，希望白粉能治好他，白衣天使在血管里顺流而上,那些声音慢慢变得模糊,那些在脑袋里、骨头间、毛细血管里的轻声低语。多尔达一直能听到这些,他对"小男孩"讲道,他尝试低声地告诉他,因为警察很小心,他们也很小心,他们的声音在地板上,就像那些躲在洞里和缝里的老鼠一样,它们尖叫着,露出尖牙,"小男孩",他听到的声音就从那里来。老鼠,还有死人鼻子里的虫子。

"我看到了照片。"

"你看到了照片,""小男孩"叹了口气,"冷静下来,'高乔人',我们要干掉他们,别听他们说的,你得守在这里。"

"马利托,我们知道你在九号公寓里。投降,出来,我们带法官来了。"

"乌鸦"蹲在地上,小声骂着。

"这个王八蛋疯子。"

"他们以为他在这里。"

"那更好,"多尔达笑了,"这样他们会以为我们人多。"他坐在地上,枪靠在窗口,"让我开枪好吗?就开一下好吗?"

"冷静点,'高乔人'。""小男孩"对他说道。

多尔达再次将手表玻璃上的毒品装在一把西班牙产的双头小刀上,随后他把可卡因抬起来,动作非常稳,放在鼻头一下子吸了下去,这一次,白衣天使,纯净的气息,直接到达了他的头颅。而"金毛高乔人"吸可卡因的急促呼吸声，是夜晚唯一听得见的动静。

当着中级法院法官何塞·佩德罗·普尔普拉的面，警方保证会留他们活口，但罪犯们没有回应。公寓里依然一片漆黑，十分安静，警方用巡逻车的车灯照亮了房间的墙壁和窗户，仿佛在对一艘船发出信号，但无人回应。

本杜拉·罗德里格斯上尉是乌拉圭警方的头儿，当房子被"完全包围"时（根据秘密消息来源），他走到大门口，用"电子门房"（或者对讲系统）告诉九号公寓里的住客们，他们已经被包围了，最好投降，同时保证会尊重他们的生命权。梅勒雷斯在厨房里，手里拿着对讲电话，"小男孩"站在他旁边。他们打开了冰箱门，在冷色调的光线中看着对方，随后一起把脑袋凑到听筒旁。

"你们怎么不上来抓我们呀？""小男孩"大叫。

"朋友，现在和你们讲话的是警察长官，我本人对你们保证，绝不杀你们。"

"你们怎么不上来和我们玩扑克牌呀，长官。"

"法官也在场，他保证给你们辩护权，保证不把你们引渡回布宜诺斯艾利斯。"

"可是亲爱的，这才是我们想要的，回布宜诺斯艾利斯打架，这里可没有狗娘养的席尔瓦警官……"

"我能为你们做的只有这些了，我保证不杀你们，保证你们将得到公正的审判。"

他得到的答复是一些更不堪的咒骂。他们还说，警察在外面挨饿的时候，他们在里面吃鸡肉，喝威士忌，而且他们有三百万比索可以平分。

"你们赚多少钱？你们为了钱可以自相残杀。"

罪犯的言行表明，他们显然受到了酒精和毒品的影响。他们大肆咒骂，爆粗口，警方长官认为这群走投无路的罪犯不可能与其进行"对话和谈判"，且事件将升级成一场暴力，其中一个表现便是，他们通过门口的对讲机询问现场是否有阿根廷警察，挑衅让他们来实施逮捕。

"把阿根廷警察带过来……"

"我们要阿根廷警察……"

据了解，这类罪犯（现场负责急救的警医指出），尤其是我们现在包围着的这三个人，为了在类似的环境下不让自己崩溃，会求助于毒品，所以他们都是瘾君子。事后调查中发现现场有一百四十四粒毒品胶囊（左旋安非他命），以及罪犯们急于逃命时丢弃的包好的可卡因"饺子"，进一步佐证了该说法。但持续消耗毒品可能会导致长时间的幻觉，目前还不知道他们中是否有人已经有类似症状。

另一个证据便是，他们因服用毒品而陷入精神失常，面对今天（也许是昨天）如此艰难的局面，当警长引诱他们投降时，他们如此回答：

"我们不投降，这里好得很，我们有鸡吃，有威士忌喝，而你们在下面挨饿。"

"上来啊,我们请客……"

"乌鸦"对"小男孩"做了个手势,两人蹲着贴墙从窗口处离开。他们靠着墙,站得很近,互相注视。

"出去吗?"

"不出去,如果他们敢上来的话,就让他们来抓我们。马利托马上就会来找我们了……会有转机的。他一定是到达这里时发现到处是警察,他过不来,我们得等着……等他们放松警惕的时候再试试……我们得试着去屋顶。"

"警察在哪儿?""小男孩"问道,"你看得见吗?"

"到处都是警察,"多尔达笑了起来,"大概有一千个人,还有大卡车、救护车、巡逻车……让他们上来吧,看他们行不行……这就跟打小鸟一样。"

"大卡车?为什么会有大卡车?"

"装尸体……""乌鸦"说道,那时候,枪声响起了。

先是九毫米口径的手枪干巴巴的颤动声,而后立刻出现了机关枪的声音。

多尔达靠窗蹲着,边往外看边笑。

子弹是从那个没人用的房间里打进来的,那扇透光口上方的窗正对着隔壁公寓的窗口,警方就是从那里开火的。阿根廷人用断断续续的枪声作为回应,双方交火时间越来越长,而惊恐中的蒙得维的亚居民们此时开始关注电台和电视台对事件的追踪报道。

在某个特定的时候,罪犯中的某一人叫了一声。

"一个去门口，其他人去气窗附近。"

这便是他们当晚使用的策略。

公寓的地理位置形成了一个死亡陷阱，他们无路可逃。当然对他们而言，这也是一个完美的藏身之处。这里唯一的入口便是走廊上的门，而这扇门则由上楼梯后的弯角掩护。再往前走形同自杀，警察不停地在走廊处对他们射击（墙上留有几百个弹孔，墙上的灰浆也不见了，砖块暴露在外）。枪匪们在墙后，对准每个子弹火星的光亮用冲锋枪射击，他们的想法是也许子弹从墙上弹回来后会弹到街上去。

"有一次，在阿韦利亚内达，我和莱特莉娜·奥尔蒂斯最小的弟弟在一个棚子里被警察包围了，我们找到了一个通往下水道的通道，口子只有这么小，"梅勒雷斯讲道，"然后我们就从那里逃走了。"

他们打起精神，试图避开警方的视线移动。他们把电视机放在地上，防止子弹打到它，每当交火暂停的时候，他们便看电视里播放的外面大街上的实况。他们也收听"雕刻电台"里的报道，主持人们轮流播报，讲述了自从这群布市佬住进利贝拉赫大楼之后，蒙得维的亚所经历的惊心动魄的时刻。人们聚在了这块区域，对着话筒和摄像机发表荒谬的言论，仿佛所有人都知道究竟发生了什么事，所有人都是直接目击证人。"小男孩"和"高乔人"从屏幕里看到，外面下起了小雨，他们正处于某个迷了路的太空胶囊里，某种燃料用尽、在海底岩石上休憩的潜艇里（多尔达说)。枪声就像深水炸弹,他们感受到了震动,但潜艇纹丝不动。

警察只在门口射击,他们封锁了所有逃生的路线。此外,他们对着厨房里的透光口进行了不间断的、可怕的、有角度的射击。当他们看到罪犯的身影企图进入厨房的时候,这种真正的枪林弹雨就会出现。

"他们从这里进不来,楼梯口到这里有六米距离没有掩护。"

"只要我们继续观望,他们就无法从正面接近。"

"是那个婊子……"多尔达说。

"我不信。"

"我们这一路运气都糟透了。"

"你去窗口守着。"

"还有多少毒品?"

"马利托,投降吧,你被包围了。"

"那群坏蛋认为'条纹人儿'在这里……"

此时窗外传来巨大的爆炸声,把窗户炸碎了。催泪弹来了。

"去卫生间……取水。"

他们用湿手绢遮住脸,再用湿毛巾拿起两个还冒着烟的气弹,从窗口朝楼梯和楼下大厅扔去。警察和记者(以及好奇的人)收到这份意外的毒气雨之后开始回撤。警方决定切换战术,暂缓继续使用毒气攻击。他们将尝试从旁边房子的屋顶着手，控制住卫生间的窗口。

警方再次打开了探照灯，整个房间里都是白光。梅勒雷斯从门口射击，多尔达则负责窗口区域。"小男孩"打开门，朝走廊里打探。

"你看到什么了吗？"

他走到了阳台的窗口。

"他们准备从屋顶过来占领这里。"他迅速后退返回，"他们可以从那里控制所有的屋顶。"

"他们正试图从上面进来。"

"不可能，我打死他们。"多尔达笑道。

三个人都很冷静，他们背靠墙坐着，瞄准了房子里的每个角落；他们既错乱又清醒，他们有安非他命，每一种毒品他们都有。警察要担忧的事情比流氓多，他们所做的一切都是为了工资（多尔达说），为了那微薄的薪水，为了退休，老婆在抱怨一家之主赚的钱少，晚上不回家，在外面淋雨，谁愿意当警察——有病的人，不知道这辈子该干什么的人，"怯懦"的人（这是他在监狱里学到的形容词，他很喜欢用，因为这词让他联想到没有灵魂的人）。他们当警察是为了获得生活安全的保障，但就这样把自己的命丢了，因此，警察这次必须冷静行事以便把他们抓出去，因为没必要把自己的命搭进去——除了某些警察（例如，席尔瓦警官），他们知道赃款都藏匿在这里，以为自己可以最先到达，把钱塞进口袋，然后说这里什么都没有。"我什么都没发现。"

但现在情况很棘手,猎物就在眼前。"小男孩"打算告诉他们,他们还剩下五十万花花绿绿的钱,谁带他们逃出去就作为礼物送给谁。他通过对讲门铃对警长说了这番话,消息在电视上播出,仿佛证明了(根据记者报道)这群罪犯为了得救,把所有人的命都赌上了。"他们会救谁?"据多尔达说,"小男孩"当时是这么想过,"看他们会耍出什么破招。"

"他们不可能把我们抓出去,他们必须进行谈判。"

"要抓我们,他们得爬楼梯,穿过走廊。像抓小鸟一样。"

"小男孩"去厨房按了对讲门铃,拿起话筒喊了起来,一直到他听见楼下有人在听。

"如果狗娘养的'胖子'席尔瓦在的话,让他上来谈判,让他别怕。我们有个方案,如果你们不接受的话,今晚会死很多人……你们这群乌拉圭佬为什么要掺和这件事,我们是被流放的贝隆主义政治犯,我们在为将军的归来而战斗。我们知道很多事情,席尔瓦,我要开始说了,听到了吗?"他停顿了一下,听见电线里的咔嚓声和温柔的雨声,但楼下的警察没有回答他们。

于是,席尔瓦走上前来靠在对讲门铃的面板上,他不准备开口和这群臭狗屎交流,他准备把他们从贼窝里弄出来,那时候他们就必须开口了。

"给我们搞辆出租车,让我们去丘伊①,就是边境那里,我们会把钱交出来,不和任何人说话。您觉得怎么样,长官?""小男孩"说道。

一阵沉默,空气中只有"高乔人"的口哨声,好像他在召唤一条狗似的。最后,一名乌拉圭警察走到对讲机旁看着席尔瓦,后者对他做了个同意的手势。

"乌拉圭警方不与罪犯协商,先生。你们投降就能活命,如果不投降的话,我们将采取更激烈的行动。"

"去死吧。"

"法官将保护你们的权利。"

"你们这群不要脸的骗子,一旦抓到我们,就会把我们活烤,还会正反面煎透我们的内脏。"

电台记者用贴在对讲机旁的话筒记录了这段对话。

最初几声枪响后,蒙得维的亚的蒙特卡洛电视台便开始对该事件进行现场直播,该区域已经被好奇的人包围了。各栋楼房顶部的摄像机将最微小的事件也一一呈现,(根据新闻报道)枪匪们甚至在自己公寓的电视里观看直播。而隔壁公寓里的人,大多用床垫保护自己不被流弹射中,或是躲在家具底下,观察这场发生在他们自己街道的警匪对峙。另一方面,各家电台则在先前租的公寓里进行直播,迅速赶往事发地的记者们始终开着话筒在录音。几个小时

---

① 丘伊,乌拉圭边境城市,与巴西接壤。

后，所有蒙得维的亚居民都在守着这件举国震惊的大案了。

晚上十一点五十分，三名男子自愿进入大楼去攻破公寓房门。简短的商议后，警方指挥官接受了他们的提议，并下令行动。侦查员沃尔特·洛佩兹·帕恰洛蒂、负责调查部门的华盛顿·桑塔纳·卡布里斯·德莱昂警长、负责二十区的多明戈·甘度里亚警长，谨慎地弯腰进入了大楼，沿着走廊前进。三人走进了公寓楼的中央大厅，而沿大厅尽头的楼梯右拐，就是九号公寓的门。加林德兹警官成了自告奋勇的第四人，负责在后方行动。四人在楼梯上，排成了经典的正面攻击行动中的菱形队形。

甘度里亚打头阵，他拿着一把乌兹冲锋枪，左边是桑塔纳·卡布里斯，右边是洛佩兹·帕恰洛蒂，加林德兹在最后，在两人中间，四人形成了一道保护盾。没有开灯，楼梯是个昏暗的隧道，越向上靠近被围困的房间，光线就越亮。整个地方充斥着阴森的沉默，他们弯着腰紧张地前进。突然，第四名男子在台阶上绊了一下，向下跌的时候他抓住了甘度里亚，而后者也倒了下去。这一倒救了他的命，因为，多尔达已经透过面朝他们右方的窗口放好了武器，冲锋枪从下往上扫射，击中了卡布里斯的胸部和头部，其他人则被打伤。

"我被'高乔人'打中了……我的妈呀。"只听那个不幸的人哀号着，多尔达在窗口大声笑了起来。

"你这蠢猪，"他喝道，"刽子手，你完了。上来呀，来呀，狂妄的乌拉圭佬……"

他朝天躺着，身上有三个巨大的伤口，他睁着眼睛，奄奄一息，嘶哑地喘息着，大量出血，这名三十二岁的警官有两个孩子，他们即将成为孤儿。他身旁另一名受伤的警官拖着自己的身躯爬向出口。而第三个人看着胸前鲜血喷涌而出，不敢相信自己所经历的厄运，所有担心的事情都成真了。甘度里亚警官的腹部受伤了，但他不想看伤口，他感觉不到疼痛，只是觉得很冷，仿佛他那放在腹部的手是冰做的。

卡车灯、路灯，以及为了防止枪匪从窗户逃走而打开的探照灯所交织出的光亮路面区域中，躺着两名年轻男子的遗体，和另一个腹部受伤的人。他们看起来不像是两个失去了生命的年轻人（根据《世界报》的报道），更像是一些被水泥搅拌机甩出去的碎肉，只剩下部分骨头、内脏和垂挂的组织，令人无法揣测这两条生命原本的形态。因为，死在枪弹下的人不会像战争电影里一样，死得干干净净——伤员给出一个优雅转身后倒下，躯体完整，像蜡做的玩偶一样——不，死在枪战中的人会被子弹撕碎，身体部位散落在地上，就像从屠宰场里运出来的动物遗骸。

摄影机镜头从伤者身上掠过，因为，这是有史以来第一次不经审核直播死亡，直播与罪犯交火而死去的执法者的面孔。人死亡的过程越冗长，一切就越肮脏，超乎想象——被撕裂的骨肉，被血染红的道路，和濒死之人的可怕呻吟。

然而，死于当场的那个（伦西在他的笔记本中继续写道）是即刻死亡的，他的身体并未遭受任何痛苦，除了之前的恐惧，爬上楼梯朝着枪匪们前进时的恐惧。

"他们就是一群疯狗。我记得，"一名警员说道，"小时候我的父母把黑猎狗关在卧室里，它的名字叫狼，得了狂犬病，发疯似的跳起撞墙，最后我们不得不杀死它，透过卧室门上的小窗用滑膛枪对着它的脑袋射击，当时它还在发疯一样地跳着，那条狗。"

"伤员应该被送走了。"席尔瓦警长说道，他在路边观察着这番景象，"血肉模糊的伤员是麻烦，因为他会哭喊，降低队伍的士气。别像个娘娘腔一样，混蛋！"他喝道。

但那个被打伤了腿的年轻人继续叫着，喊着母亲。而大家对于那个腹部中弹且伤口很深的年轻警员表示惊讶，因为他只是虚弱地抱怨着，发出痛苦的呻吟："我们进入走廊后，他们就跳起来开枪。他们没穿衣服，吸了毒，在那里像幽灵一样出现，大概有五六个人。想弄他们出来会十分艰难。"

腿部受伤的小伙子已经被吓呆了，自己为什么在走廊上中了枪，他想不明白。那天晚上他是替一个朋友值班的，后者趁着佩纳罗尔俱乐部出城比赛，去和其中一名足球运动员的老婆乱搞。那朋友只有那晚上可以和那婊子私会，这个傻瓜则同意了替他值班，而现在，他正躺在地上，腿被子弹打废了。一切都糟糕到荒谬，因为过去两年间他的生活走上了正轨，娶了自己一直心仪的女人，让她同意不顾自己警察的身份和他结婚，他不停地劝她，直到把她说服，因为她厌恶警察。但最终她让步了，发现他和其他的男孩子并没有两样，而且婚后他们向警方信用合作社贷款，在波西托斯买了间小房子。然而现在一切都岌岌可危，因为伤口会坏死感染，他可以看到自己拄着拐杖，拖着断腿的样子，右腿的裤子卷至膝盖处，用一个大别针固定，他吓出了一身冷汗，牙齿直打颤，闭上了双眼。

公寓内，梅勒雷斯背靠墙坐在地上，他用湿手绢捂住鼻子和嘴来稀释毒气，尽管在封闭的环境中残余的气味已经不再强烈了。"小男孩"在房间另一头，靠着卫生间的墙面坐在地上，他把冲锋枪放在一旁，因为持续开火让武器变得滚烫，有时候会烫到他的手掌。除此之外，还有肚子挨了一拳的感觉，他现在只感受到这两样东西，"小男孩"说道，这些，还有每每想到内格罗河的乡下姑娘所带来的讶异，真的是她干的吗？

"你觉得他们会不会跟踪了我……"

"你现在别冲动，反正我们除了这里哪儿都去不了……狗屎国家，比板砖还小，你只能躲在这里。我告诉过马利托，我们应该留在布宜诺斯艾利斯的，那儿有不计其数的藏身之处。但在这里……我们完蛋了。"

"马利托可能已经过河了……他运气好，又冷血，他有一次自己走进警察局，其实那里的每个条子都在追捕他，但他进去是想投诉邻居的收音机声响太大了。"梅勒雷斯笑道，"看到了吗？他是个疯子，是个天才，也许，谁知道呢，他会混进包围圈带我们走。"

"或者和我们一起死。"

"这也没什么不好的……"

"如果他进得来，就说明出得去……"

"没错，一眨眼的工夫就能搞定。"多尔达边说，边拿起威士忌瓶子喝了一口。

枪匪们笑了起来，他们只为未来十秒内可能发生的事情做计划。这是他们最先学会的，不要去考虑正在发生的事情，想要继续前进就不能被吓唬住，一步一步来，观察事态的即时变化，集中精神做一件事情。现在应该先去厨房取水，但愿他们不会在你穿过走廊时击中你。现在应该想办法到达那扇窗下。他们在房间里四处躲闪，仿佛有很多面无形的墙。警方安置的射手覆盖了所有的角落，他们必须学会保护自己。他们随即发现，房间里有很多区域子弹集中，"乌鸦"和"小男孩"布里尼内便用铅笔在地板上画了草图，追踪射击路径，确定无法穿越的区域。他们得侧身移动，他们侧着身子倚着空气中无形的走道，仿佛梦游一般，避免成为子弹的目标。

"看到了吗？"梅勒雷斯说道，"这里有个出口，前面就是楼梯。"

"你来掩护我。"

多尔达站在门口,开始向楼下射击,"小男孩"和"乌鸦"则冲进走廊找通往屋顶的楼梯。

"上面都是警察。"

七

这篇报道动笔时，这场从昨天晚上十点左右开始的漫长对峙已经持续了四个小时，到午夜时警方出动了大量警力，三百人左右，部署完成了。他们占据了旁边的屋顶平台和房屋。午夜过后，枪匪们从公寓冲进走廊，对着街道和阳台射击，企图逃跑。激烈的交火后有一段相对平静的时期。手枪和左轮手枪的射击频次降低了。

大楼里的若干住客在不久前已成功疏散，那些无法逃离的人也收到电话通知，警告他们趴在自己房间里的地板上。警方担心枪匪会试图占领隔壁的公寓，劫持人质。

夜幕下，一些只穿着睡衣的居民惊慌地抱着个人财物跑出来。还有一些住客正在接受媒体采访，对事件展开了极其华丽的猜想。

"一开始我以为着火了，"马卡里尼奥斯先生如是说道，他穿着蓝色睡衣，外面套了件黑色风衣，"后来我以为有一架飞机撞到了大楼。"

"……屋里的疯婆娘，"阿库尼亚先生说道，"她又闹自杀了……"

"一楼有间公寓被一个黑人控制住了,里面有两名人质。"

"门房的儿子们死了,可怜的小伙子们,我看见他们在走廊里中枪。"

笔者在案发处跟踪报道的这段漫长时间内,诞生了不少重复的版本和故事。据说马利托成功地从被包围的公寓里逃走了,还打算带着增援赶回来;据说有一名歹徒受伤了。随着时间的推移,枪声在夜色中响起,在这群阿根廷人占领的公寓正面和四周窗户所反射出的明晃晃的白色光芒中响起。

警方近在咫尺,他们被包围了,几十把左轮手枪和冲锋枪直指着每一扇窗户和可能的出口,时间在阵阵枪响中流逝,而这三名(也许是四名)枪匪负隅顽抗,不愿投降,他们更愿意在绝望中抵抗。子弹从四面八方朝他们打来。屋顶上的人瞄准公寓的某一扇窗射击,底楼的则瞄准了另一扇,隔壁公寓的子弹全部瞄准九号公寓的大门。

这是一场殊死搏斗。公寓已经被完全包围,在必要的时候,警方可以把枪匪们封锁起来挨饿,但为了不殃及周围的邻居,警方并未切断公寓的供水(也未切断供电)。持续的交火偶有停顿,连绵细雨中,几个好奇的人躲在屋檐下接受电视台记者们的采访。

"这是在自杀,他们明显是不想坐牢。"

"我能理解他们。蹲过监狱的人不想再被关起来。"

"钱都在他们手上呢,他们会谈条件的。"

各种假设和问题层出不穷。与此同时,围剿也在继续。这个街区已经被包围了,没人能从这片区域进出,警察的围栏把街区隔成了孤岛一座。大家脑中都浮现出前不久发生的越南战争中的场景,然而这次的战场在城市中的一间房子里,被围困的敢死队员们身上也显现出了退役军人的作风,他们拿着战争武器,誓死捍卫自由。

从星期五晚上十点到星期六凌晨两点,警方估算罪犯们共射出五百发以上子弹,仿佛在炫耀自己坐拥一座军火库。他们的 PAM 冲锋枪[①] 射速极快,每隔几分钟便能听见弹匣的声响,夹杂在其他高效能战争武器的响声中——那些可能是点四五口径的手枪,也有可能是鲁格手枪。

在某个时刻,人们甚至听到了一名枪匪大叫着说要让大家见识一下他们的实力。也正是在那个时刻,人们听到了冲锋枪的嘶吼,一共十二发,明显是大口径子弹的爆破声。

歹徒们的子弹阵阵射出,速度极快,对此,布宜诺斯艾利斯省北区警察局长席尔瓦表示,自己辨认出了对方所使用的是哈尔孔冲锋枪,那毫无疑问是从阿根廷军方偷来的。大家可别忘记,(据推测)犯罪团伙中有名成员曾是军队士官,如此一来,他们用如此强大的武器让警方举步维

[①] 此类冲锋枪为阿根廷军用枪支,没有保险杠杆。

艰，便说得通了。

这群令人害怕的强盗团伙坐拥如军火库般的惊人火力，警方不禁要问，他们是如何入境乌拉圭的？又是如何带着这样的武器和数以千发的弹药在城市中来去自如的？

枪匪们还做了个决定，也挺引人注意的，警方从八号公寓的透气小窗射出了催泪弹，九号公寓里烟雾弥漫，罪犯们却并未如预期的那般出来。当时的推测是，他们还有防毒面具，才能抵抗这种失败率极低的战术；若非如此，那就是这群阿根廷人有专属的信念，让他们即使身处烟雾弥漫的地狱中也保持镇定，拒绝投降的要求，拒绝保全性命。

他们没有任何期待，只想抵抗。

"你们怎么不上来抓我们啊？"

勇气——《世界报》的记者躲在被包围的公寓楼对面的街角，一边这样想着，一边给相机装闪光灯准备拍照记录夜幕下的战斗——正是求死之心的一部分。警方的行动表明他们始终确信枪匪和自己是一类人，即，枪匪们做决定和慎重行事的时候并不能稳定地均衡一切，而普通人拥有了象征权威的制服、致命武器以及使用武器的权利后也会陷入相同的状态。但是两者之间有天壤之别，就是目标为征服的战斗和目标为不被摧毁的战斗之间所存在的区别。

他借着街灯的光亮拍下了若干照片，随后跑向街角，靠在一张长凳上，迅速地在笔记本上做着记录。

太令人费解了，枪匪们究竟是如何做到的？他们躲在公寓里，忍受着向他们投来的如此大量的催泪气体，与此同时，参加搜捕行动的人站在公寓北边的拐角却已经完全无法忍受在微风中朝街道蔓延的烟雾。一些专家认为这些阿根廷枪匪拥有（或者制作了）更多的防毒面具，甚至有人信誓旦旦地表示自己看到多尔达头戴插着氧气管的面具，脸被护目镜遮去了一部分，他从窗户里探出身来，看起来就像一只丑陋至极的臭虫，那是个看似永恒的瞬间，随后他开了一枪，用仿佛是来自海底深处的嗓音吼了一声。

"你们为什么不上来抓我们呀？蠢货们，你们还在等什么？"

甚至连年轻的《世界报》记者也成功地、几乎可以说是碰巧地，看到了，在那个瞬间，枪手的脸上挂着一个非常复杂的防毒面具。

事实上他们是因缺氧而产生了晕眩，仿佛身处高海拔地区的反应，就如同缺乏纯净空气导致大脑无法得到供给，从而加剧了绝望的举动。不久前，"金毛高乔人"半裸着在窗口出现，试图用乱枪打灭所有的探照灯、路灯以及警车上的警灯，他对着大街探出身体，仿佛什么也不在乎，只想呼吸一下新鲜空气。

烟雾其实会上升至天花板，而在较低处贴着地板的位置，他们爬动和呼吸都不成问题。为了让催泪气体受热上升，"小男孩"把床垫放在玻璃桌上点火。火焰中的场景看起来如地狱一般，烟雾向上飘去，熏黑了吊顶和墙壁。他们平躺在地板上，毫不费力地呼吸着，上方是污浊的空气，像一朵云，悬在离头顶一米开外的地方。如此这般，他们撑过了整个夜晚，并且尚无大碍，而催泪弹发射的频率也因此降低了，因为警方已经明白这一战术并无成效。

所有人仿佛都理解了，烟雾没能削弱匪徒们的抵抗，而是相反地让他们更为猖狂。他们的咒骂声在子弹的呼啸声和冲锋枪不间断的扫射声中清晰可辨。特警们研究了匪徒抵抗的有利条件：因为公寓内空气流通，两扇面向不同街区的窗户间顿时生出一条幸运的烟雾通道，换来了新鲜空气，还把催泪气体送回街道上，真正地让警察和好奇的路人体验了催泪气体的效果。

警方曾决定使用手榴弹，但因担心伤及那些仍被困在楼里的居民而作罢，毕竟好几间公寓都处在那群恶棍的射程内，里面的人未能撤离，撕心裂肺地惨叫着求救，成人和孩子们整夜被困在火力网之中，趴在地板上一动不动，只能等着警察展开营救，他们所面临的危险似乎不亚于那些罪犯。

"某种意义上来说，"席尔瓦说道，他的脸上满是疲惫，那道白色的疤，看起来更显眼了，甚至比他冰冷的皮肤还要白，"楼里所有居民都是那些枪匪的人质。这限制了我们的行动。我们必须谨慎考虑如何行动，不能将无辜群众置于危险之中。这便是为什么，"他解释道，"抓捕这四名罪犯所花费的时间超出了预期。"

夜晚的时间在流逝,枪匪们又一次尝试从公寓移动到走廊上,边从那里向街上和屋顶扫射,边寻找着出路。一阵急躁的枪声之后又有一段相对平静的时期。

"没想到我们会陷入这种困境,像狗一样地被关起来。"

这是谁在说话?警方安装了一台晶体管收音机,一名情报人员头戴着耳机,追踪记录着被包围的公寓内部可能发生的变化。然而声响时不时消失,或是被大楼里的各种杂声干扰淹没,令人疑惑——有个疯女人,还有令人难以忍受的呻吟和咒骂相互交织,(无线电报员)罗克·佩雷斯得半猜半想地去搞清各种关系,结果迷茫了。那是被困在地狱里的鬼魂们发出的绝望的叫喊声,这些鬼魂已经迷失在但丁的环形地狱里,因为他们已经死了,所有的声音都来自另一个世界,他们是被诅咒的人,看不到希望。罪犯们的声音究竟被转化成了什么鸟语?无线电报员问自己,他打起精神将木头燃烧的声音、枪响、哀号一一区分,还有只言片语来自某种失落的语言。隔壁公寓的卧室里有条狗不停地吠叫。这片噪声的丛林好像就在两厘米外,那些微弱的声响飘忽着,形成了一条线缆直捣耳膜,仿佛某些不起眼的公寓角落里,收音机中播放着的乐队单簧管乐。除此之外,还有不少低语和对话淹没在了夜晚的枪声中。

警方的无线电报员罗克·佩雷斯,坐在楼梯附近的隔音间里,头戴耳机监听着所有对话,他手按旋钮控制音量,清除周围杂音的干扰,力求获得清晰准确的对话内容,他用操纵杆清理着各种声响,试图把被围公寓内发出的声音录下来。他们原本放了两个窃听器,但其中一个似乎被子弹打坏了,现在传回来的是单簧管的音乐声,仿佛连上了城市中的某个广播站。佩雷斯想要分辨出那些人声,搞清楚谁是谁,对方一共有几人,(根据席尔瓦的说法)预计有人会懈怠,会起疑,会想要投降,他们期待枪匪中的某个笨蛋会很快被司法特权打动,随后背叛同伴主动投降。有个人被称为"一号",他始终在不停地嘟囔,几乎正对着麦克风,他的位置应该是在房间的侧面,靠近暖气片,麦克风就藏在他附近,罗克·佩雷斯不知道他是谁,就称其为"一号"(其实是多尔达)。

"我这个人,""一号"说道,"几年前住在卡纽埃拉斯,条件还不错,但后来我离开家,住在建筑仓库里,开始用鸟笼养金丝雀,每天早上放走一只。我想知道,鸟会不会发现每次天亮后,它们中就有一个会消失,我想知道,小鸟细小的眼睛里,有没有保留记忆的地方。我想知道,金丝雀唱歌,天黑了,天亮了,有只手伸进来放走一只,另外一只,假设是它的金丝雀兄弟,它是否会情绪高涨,是否会意识到这一切,心想我要是唱上一整天,天黑了睡一觉,等太阳升起来的时候,也会有只手伸进来放我自由,让我飞翔。"接着是一段长时间的沉默,或者是干扰,"我们人类被困的时候也一样,总期待着天一亮就会有好事发生。"

"但事情并不总是这样。"

"事情并不总是这样……没错。你来点儿吗？我这儿有。太走运了，对吧？到了现在还有，我之前闲得发慌，在港口买了点儿，就在出发前，向那个带我们过来的走私犯买的，他有一公斤半，都是一等一的毒品，我心想多多益善啊。"

他们什么都谈，谈金丝雀，他们无拘无束，腾云驾雾。目前，这些东西对他（罗克·佩雷斯）来说没有意义，他不想捕捉个中含义，他在乎的只有声音，只有各种人声、语气、呼吸之间的区别，他想要分辨出每个人。

"谁知道呢，也许日出的时候，马利托会过来的，'高乔人'，来把我们弄出去。"

所以，"二号"不是"乌鸦"，罗克·佩雷斯做着记录，"乌鸦"是"三号"或"一号"。而那个在说话的是"二号"（"小男孩"布里尼内是"二号"）。

"为了给我父亲的坟买块大理石墓碑，我只能把金丝雀卖了，他被埋在地里，一无所有，我老娘带了一些针织的东西，挂在周围。我们家在卡纽埃拉斯的火车站路堤下面有一小块地，那旁边就是墓园的后门，最让人难过的是，后来墓园被缩减了，而现在那里是农场，有人就住那里，住在死人堆里。"

他们疯了，罗克·佩雷斯心想。那么多毒品，那么多精神药物，一群瘾君子。他们吸可卡因，吸各种毒品，所以百毒不侵，罗克·佩雷斯说，这群人已经神志不清了，靠威士忌和安非他命壮胆，以为自己是爷们儿。佩雷斯学过医，但他加入警队是因为喜欢无线电，他痴迷于无线电，是监听和录音的专家，所以他现在的生活，就是在这样的小房间里厘清对话、电话和废话的头绪，找到违法的赌博中间人、贪污的警察、不轨的政客、无关紧要的小事等等，但现在，从星期五晚上开始，他有了个绝佳的机遇。他对蒙得维的亚警方围剿的九号公寓内部情况进行了秘密的实况转播。说话声、抱怨声、破碎声、断断续续的呼救声、时不时出现的喊叫声。比如说，现在这个是"二号"的声音。

"星期二就是咱们下葬的日子，你死后三天才能下葬，防止你又从土里爬出来复活，像木乃伊一样，你知道木乃伊的吧，从坟墓里爬出来，浑身缠满绷带……"

"比方说，你藏在浴缸下面，警察来了，搜查一下，没有发现你……"

"你看，看见没，这个玩意儿坏了，"某人趴在地上拍了拍电视机后部，屏幕上又有画面了，"不过，你想想，这里到处是记者……如果你投降的话，他们就不能杀你了。"

"他们还是会杀了你的，蠢蛋。""二号"说，"他们在这里就地弄死你，然后把尸体拖出去，管他有多少记者……都是记者告的密……"

"痛苦的僵持还在继续,警察们的身体越来越疲惫。交火已经不再那么激烈了,有时候连续十五到二十分钟听不到一声枪响。随后一楼的或者楼顶的警察射出几枪,枪匪们也会反击一阵作为回应。"

突然,惊人的一幕发生了,在一次交火间隙中,大门上的对讲门铃里传出了一名罪犯的声音,他说:"向席尔瓦警长致意!席尔瓦!你来了,亲爱的,你这条走狗、刽子手、蠢猪,席尔瓦你快上来……你怎么不上来和我们玩一场骰子呀?赢的就能离开,输的就完蛋。赌五十万,我和你一局定胜负。听见了吗?"他们手上确实有个摇骰用的皮杯,里面的象牙骰子叮当作响。

"别闹了,喂,说话的是哪位?我是席尔瓦。"席尔瓦冷静地说道,他的声音很阴沉,是阿根廷同胞的声音,他的嗓子已经被酒精、审讯时抽的香烟毁掉了,他抽烟是为了吓唬某个小流氓、某个妓女或是某个可怜的赌徒,诸如此类,年复一年,他会朝着某个被捆在椅子上的人的肚子来一拳,他的声音具有一种杀伤力,像是在用针扎着那些不按照别人意志说话的人的耳朵。"你们为什么不下来啊?是谁在讲话?说你呢,马利托,下来了一切都好商量,我们像男子汉一样,当着法官的面协商,我向你保证,你们帮派的抵抗行为不会入罪。"

"可是你为什么不上来啊?快点,有人在操你女儿的小屁股呢,而你像个傻子一样在那儿站着,有个鸡鸡和胳膊一样粗的瘦子把她抓进厕所里了,她已经开始叫床啦,那家伙高潮的时候都射在她身上啦。"

他们一向如此说话,眼前的警察们为了贬低犯人们,让他们崩溃听命,也曾编造过恶毒话语,但歹徒们的咒骂更污秽不堪。这群家伙太难对付了,难到极致,但愿他们被绑在铁架上烤死,但愿他们最终投降,而且在那之前,他们得听凭席尔瓦羞辱、用刑,好几个小时直到他们开口。那不过是男女在卧室里、在工作中、在厕所里使用的语言,而只有警察和流氓(伦西认为)才知道如何把言语变成活物,把它们扎进你的血肉,而你的灵魂,就像鸡蛋一样,在锅子边缘被轻敲一下,下油锅受煎熬,随后毁灭。

"这不是钱的问题。""二号"说道,佩雷斯同时记录着对话,他非常不安,仿佛无意间偷听到一段在某种程度上与自己有关的供述,因为所有人都在听,并且都像佩雷斯那般不安。"二号"对席尔瓦说道:"你上来的话,我就把钱给你,你上来再下去,我保证不动你半根毫毛,我的同胞,但你们如果想要我们离开这里,就得费点力了,你以为自己在和什么人打交道?你,席尔瓦,你怎么还不上来?上来,过来,你是习惯了和被捆住手脚的对手过招吧,但如果对手有武器,有胆反抗的话,你就怕了,席尔瓦。"

舌战继续,仿佛是另一场战斗。大家纹丝不动,听得入了迷,与此同时席尔瓦则试图和他们继续对话,好让佩雷斯记录下这些声音,并确定每一个枪匪的位置,因此席尔瓦力求让对方（可能是"小男孩"？）继续对着对讲门铃说话。这个嫖客的声音、罪犯的声音、狂妄的声音，翻墙而来，传到了在小雨中被人围住的大楼门口。

大约在今天三点三十分（或者昨天）的时候，当局试图通过对讲门铃进行的谈判被打断了，罪犯们开始高声呼喊，像是一种无谓的虚张声势，他们表示自己准备好出来了，准备好杀几个警察猪，而在某种程度上他们没有食言——其中一人借着公寓走廊阴影的掩护，下到了楼梯中间，用冲锋枪对着街上疯狂扫射。

该举动让人以为罪犯们要出来了，便也开始射击，公寓楼入口处被一张铅制的帘幕盖住了。

随之而来的是一个令人绝望的瞬间，门厅里的人向街上逃窜。他们身后，有个人躺在地上，他身中四弹，鲜血直流。那是华盛顿·桑塔纳·卡布里斯·德莱昂警长，乌拉圭警方长官。在一段持续了若干分钟的时间中，他就一直躺在自己倒下的地方，因为那里已经被匪徒的枪弹搅得翻天覆地。

"鸽子啊，你已经唱完啦……为什么不下来哟，王八蛋。"

"金毛高乔人"半裸着，从走廊里冲出来，他脖子上挂着武器，在地狱般的枪林弹雨中，对着警长的嘴射出了致命的一枪。警长和那个疯狂的、堕落的、病态的惯犯多尔达（警方的情报人员说）对视良久，随后，"金毛高乔人"

在开枪打死警长前，对他挤了下眼睛，露出了微笑。

"去死吧，臭狗屎。"多尔达说着，又跳了回去。

警长的脸被打得血肉模糊，脸上的肉仿佛从嘴巴里被炸裂开来，只剩下一个鲜血淋漓的大洞（一位目击者如是说）。

那令人措手不及的瞬间过去之后，人们才想到用警车把他送去医院，但抵达时警长已经咽气。

这便是马利托团伙的战术精髓，是他们的悲剧性光辉（伦西后来在《世界报》警务版块的事件报道里写道），他们在每一次绝处逢生中成长，抵抗能力愈发强大，那些胜利让他们变得更快更强。因此，一切还在继续，这场任何人经历过都会永生难忘的悲剧还在继续。

先是从厕所的那扇像眼睛一样的小窗里，有白烟飘出。白烟缓缓飘向空中。

"烧钱不好，是罪孽。这是罪孽①。"多尔达说道，他站在厕所里，站在自己服用安非他命的地方，手捏一张一千元纸币，和一个"朗森"牌打火机，那是他从一个疯婆娘手里抢来的。他点火烧钱，对着镜子笑。"小男孩"就在门口，一言不发地看着他。

"想想看，为了赚这张钞票，一个守夜的，比方说——守夜的倒霉鬼，你们都知道的，每次翻小窗户钻进屋子里

---

① 原文为意大利语。

总会遇上这些人，一脸迷糊地赶过来——他们得工作两个星期……银行出纳，看工龄，可能要花一个月才能赚到一张这样的钞票，他们每天的工作内容是数别人的钞票。"

他们则相反，一捆一捆地数着自己的钱。磷酸三钙的药瓶里盛着安非他命溶液，溶化稀释后的药片看起来像牛奶，但味道完全不同。钱在厕所里，那个脸盆正好可以用来烧钱。"小男孩"笑了，多尔达也笑了，但对于自己在做的事情，他还是略感恐惧。

不久后，人们发现罪犯们正在焚烧他们剩下的五百万比索圣费尔南多市劫案赃款，而根据在该市得到的信息，他们抢走了七百万比索。

他们把面值一千比索的纸币点燃后从窗户扔出去，燃烧着的钱从厨房小窗户里飘到街角上空。这些燃烧的纸币，就像是一群发光的蝴蝶。

一句低语激怒了所有人。

"烧钱了。"

"他们在烧钱。"

如果钱是杀戮的唯一理由，如果他们的行动都是为了钱，那现在烧钱，则意味着他们没有道德，也没有动机，他们的行动和杀戮都不为钱财，只为内心的恶、纯粹的邪恶，他们天生就是杀人犯，是毫无情感和人性的罪犯。愤怒的居民们看到这一幕便发出了恐惧和憎恶的呐喊，场景仿佛一场中世纪的妖巫夜会（根据报纸所述），价值五十万美元的钞票在眼前燃烧,这一景象令人难以承受,整座城市、整个国家陷入了空前的恐慌,整个过程持续了漫长的十五分钟——这是价值天文数字的纸币付之一炬所耗费的时间,这些纸币,出于警方无法控制的原因,是放在乌拉圭人称为"帕多纳"的铁板上被烧掉的,那是一种用于清理烤架上的煤灰的铁板。警方怔怔地看着钱在"帕多纳"上被焚烧,无计可施,因为,面对如此不可理喻的罪犯,警方能做什么呢?愤怒的人立刻想起了那些弱者、穷人、乌拉圭农村里的居民、孤儿,一些本可以靠这些钱改变命运的人。

这群白痴只要能拯救一名孤儿就能换来自己也活命,一位女士说道,但他们是混蛋,心肠坏透,一群禽兽,目击者们向记者说道,电视台拍下了这一切,全天反复播放,电视台记者豪尔赫·弗伊斯特将其称为吃人行为。

"焚烧无辜的钞票是一种吃人行为。"

假如他们把这笔钱捐掉,假如他们把钱撒给街上的人,假如他们与警方达成协议,把钱捐给慈善基金会,他们的结局便会不同。

"打比方说,他们可以把这几百万比索捐出来,改善他们日后要被关押的监狱的环境。"

但是所有人都明白,该举动是全面宣战,是对整个社会在正面宣战。

"这群人必须被吊死在墙上。"

"应该让他们被慢慢地烧死。"

"金钱无辜"的想法应运而生，尽管引发了死亡和犯罪，但不能责怪金钱，应该说，钱是中立的，是一个符号，它为每个人想要的用途服务。

另一种想法认为，烧钱是病态杀人狂的一种表现。只有毫无道德的杀手和禽兽才能如此愤世嫉俗、如此邪恶地烧掉五十万美元。这一行为（根据报纸的报道）比他们之前所犯下的罪更为严重，因为这是一种虚无主义的行为，是一种纯粹的恐怖主义。

在为《前进》杂志所作的声明中，乌拉圭哲学家华盛顿·安德拉达指出，尽管这一行为十分恐怖，但它其实类似于夸富宴①，是一种已经被社会遗忘的仪式，一种绝对盲目的纯粹浪费，在其他社会中，这些会被理解为给神的祭品，因为只有最具价值的东西才能被献祭，而钱就是最具价值的东西，安德拉达教授如是说道，这段话立即被法官引用了。

他们焚烧钞票的方式完美地展现出他们邪恶的思维，因为他们烧钱的时候留出了面额为一百比索的纸币，一张接一张单独点火，一百比索的纸币如同被烛火抚摸了双翅的蝴蝶，挥舞着火焰做的翅膀，在空中不停地飞翔直到燃尽自己。

---

① 夸富宴，流行于一些印第安部落的习俗，主人在夸富宴上展示自己的财富，并赠予客人或交由客人任意毁坏。

在这漫长的十几分钟之后,火鸟般的纸币终于烧成了一堆灰烬,灰烬的前生是社会价值(一位目击者在电视里如此描述),之后,一条绝美的蓝色灰烬带从窗户飞出,落下,天空中像是下起了骨灰雨,的确有人把骨灰撒向大海、山川或森林,但是撒向肮脏的城市街头是史无前例的,灰烬从未在这水泥丛林上空飘扬过。

这令人瞠目结舌的事件发生后,警方似乎迅速做出反应,开始了猛烈的进攻,仿佛在这个盲目的举动结束的那一刻,这些准备就绪且丧心病狂的虚无主义者们(报纸现在这样称呼他们)必然已准备好去面对最后的灾难。

八

席尔瓦厌倦了发出无用的指令,他已经沉默了许久。作为行动负责人,他穿着白色雨衣,站在路边独自抽烟。他看着那些黑漆漆的窗户,见到了恶棍们举棋不定的剪影,他们就在楼上,还在死守。一定要杀死他们,不能让他们开口。开口说什么?有过谈判?"这是真的吗,警长?"《世界报》记者在小本子上列出了问题,"据说,圣费尔南多有些警察为恶人们安排了这场逃亡,来换取一部分赃款?"

这群阿根廷人是从席尔瓦手里逃走的,他得负责,而现在每个倒下的乌拉圭警察都得记在他的账上。为《世界报》撰写警务专栏的男孩子在街上观察着他那张脸,以及脸上的疤,他的不屑、孤独和邪恶,还有他那死人一般的眼神。他捕捉到了席尔瓦不安的眼神,一抹焦虑的表情,但这些转瞬即逝,警长迅速掩饰了自己,他用手指遮住眼睛,随后看了一眼把大楼门口照得通亮的探照灯光。冷漠的神情,强硬的家伙,这神情太快而无法假装(根据伦西的记录),与此同时又太刻意而无法完全自然地表现出来。想要让这假装的不安神情看起来完美,需要花多少年,经历多少内心斗争？

记者在街上看着席尔瓦那如日本面具般脆弱的脸庞，他的手很小，"女人的手"，他左手持枪，枪口对着地面，像钩子或假肢一样勾勒出了一个不完美的人形。武器使他得以伪装自己，得以面对新闻记者，他们已经开始将他包围，并和他一起凝视着贼窝半开着的窗户。席尔瓦警长发言了，《世界报》的小伙子开始记录。

"他们都有精神疾病。"

"杀死有精神疾病的人在媒体上可不好看，"记者讽刺道，"应该带他们去疯人院，不该处死他们……"

席尔瓦看着伦西，神情很疲惫，又是这个没礼貌的蠢蛋——这个戴着眼镜、头发乱七八糟、脸上写着无能、脱离真实环境和危险局势的家伙——他像个跳伞运动员，像个执业律师，或是某个罪犯的弟弟，居然抱怨着罪犯在警察局受到的待遇。

"那么，杀死神志清醒的人就好看了是吗？"席尔瓦不情不愿地回答着他，语气就像是在解释某件再明显不过的事情。

"警方有没有提出过协商？"

"谁有能力和这群罪犯协商？你难道不是整夜都在这里吗？"

"警察开始怕了。"有人说。

"害怕也情有可原，我们不会上去的，我们不想要烈士……"席尔瓦说道,"哪怕要等一个星期,我们也会保持冷静。那些人是变态,是同性恋。"他看着伦西,"他们是典型的病态,是人渣。"

他们冷漠无情,早就灭绝了人性(席尔瓦想道),像行尸走肉一样,想多带几个垫背的一起下地狱。这是一支微型军队,肾上腺素帮他们克服恐惧。这群瘾君子,这群杀戮机器。他们想挑战极限,所以永远不会投降,还想让我们妥协。他们不畏惧陷阱,因为他们的血液里流淌着死亡的气息,他们从十五岁开始就在街上滥杀无辜,遗传了酒瘾和梅毒,是心怀愤怒的神经病,是绝望的罪犯,比职业军人更危险,他们是蜗居在那间房子里的豺狼。

"这是一场战争,"席尔瓦宣布,"你必须牢记战争的原则。有人倒下也永不停止战斗。如果有人倒下,你还得坚持。否则你还能做什么?生存是战争中唯一的荣耀。"席尔瓦说道,"希望你们能理解我所说的,我们必须等待。"

席尔瓦揣测着屋子里那群人的思维模式,很显然,他比那些屁精记者更了解罪犯,这群乖娃娃还想做英雄,这群迂腐又没教养的东西。

"你是干什么的?"席尔瓦警长转过身,出其不意地问伦西。

"我是布宜诺斯艾利斯《世界报》的特派员。"

"这些我已经知道了,但是除此之外,你是干什么的?结婚了吗?有孩子吗?"

埃米利奥·伦西走到一边，身体倾斜，用左脚支撑着自己，他惊讶地笑了起来。

"不，我没有孩子，我一个人住在梅德拉诺大街和利瓦达维亚大街交叉口的阿尔马格罗酒店。"他伸手进外套口袋掏证件，仿佛警察要将他逮捕。他的行为有点越轨了，在布宜诺斯艾利斯开记者会的时候，警长对他的印象肯定已经不好了。"我是大学生，靠做记者赚钱，就像你靠做警官赚钱，我提问是为了把正在发生的事情写成一篇准确的纪实报道。"

席尔瓦觉得很好玩，他用看小丑或是低能儿的眼神看着他。

"写报道？还要准确的？我可不觉得你有这胆子。"席尔瓦对他说道，随后走进了帐篷和乌拉圭警方一起计划发起突袭。

诚然，抓住罪犯的唯一方法就是按他们的思维模式行事，席尔瓦确信该团伙已经走投无路，就像被困在下水道里的老鼠也总是群情激昂，他们不愿下楼投降。

比如，绰号为"乌鸦"的梅勒雷斯，席尔瓦对他的犯罪记录非常了解，甚至能够揣摩他的想法，他素来为了杀人而杀人，因为他其实很怕，他不是一个人，而是一个嗜血的傀儡，他打女人，一些与他同居过的女性曾经报警指控过他。勇气和失眠其实是一回事，席尔瓦认为，你永远不知道，自己烦恼的事情中有哪件会紧抓住你，让你做出勇敢的事情。

他们一定成天在看战争电影,所以现在的举动就像是战斗在对方阵营后方的、在海外的敢死队,他们身处墙另一边的东柏林,住所已被苏联人包围,坚持抵抗到有人来救他们,席尔瓦想象着,梅勒雷斯会不断激励自己的。他曾经多次潜入敌方阵地后得以逃脱,在太平洋荒岛上,天花板飘着毒气的公寓地板上捣鼓求生策略,比起在越南抢滩,可算是好多了。

"在《硫磺岛浴血战》里,"神志不清的"乌鸦"突然开口说道,"电影里的人躲在井里,逃过了一场坦克攻击……"

多尔达想多睡会儿,在某个瞬间,他仿佛梦见儿时的自己在乡间打野兔。

"《硫磺岛浴血战》是他妈的什么东西?"

是帮派、生存、肮脏、孤独、隔绝;危险迫在眉睫;一群人中了埋伏,躲在井里。

有时候,他们嘟囔着自言自语,有时候互相交谈或者叫喊着发号施令。毫无疑问的是,这群人已经精疲力竭,而警方的攻击愈发频繁,夜晚慢慢过去,天色开始泛白,他们的血液中沸腾着前所未有的愉悦,还能依稀听到城市另一头的河水在流淌。

"如果你要打架,而且你已经什么都不在乎了,那你唯一该做的事情就是坚持下去,这是唯一的出路。"这是"二号"的声音。

"当你被包围了，背靠着墙偶尔把脑袋探出去张望，你会觉得思考一点用都没有，你要思考什么啊，反正你脑袋再怎么转也找不到出路，如果我这么做，如果我去那里，去走廊那里搞突袭，你总会碰壁的，你已经走投无路，必须一遍又一遍站起来继续斗争，否则怎么办？""三号"说道，"希望马利托已经逃脱了，希望他看得到我们的遭遇……"

公寓里的电视机播着那个乡下姑娘和他们撇清关系的镜头。

"我不知道他们就是警方在找的那群阿根廷人，我和他们中的一个在萨瓦拉广场上偶然认识，然后他们中的两个人强奸了我……但我没有去报警……因为，"那个女孩一脸严肃地对着摄像机说道，"告发别人是最糟糕的事情。"

新一天的曙光渐渐出现，从贼窝里发出的枪响也逐渐减少。负责行动的警察们围拢起来研究新的作战计划。被寒冷和雨水赶走的好奇的人群再次壮大了起来。很明显，犯罪分子在休息，他们中有一人在放哨，观察警方可能发起的最后进攻。他们不时地开火，以显示自己依然处于警戒状态。

自此，警方明白了，枪匪们拥有足量的弹药储备，他们有能力在那间公寓里坚持到最后，于是警方也逐步修改了进攻策略。他们开始列出多种可能性——用杀伤力较小的手榴弹把他们逼出来；也可以往他们躲藏的公寓里喷洒用于灭火的化学品，那种化学品会像液态橡胶或是凝固汽油弹一样包裹住皮肤，肯定能逼每个人从贼窝里出来；在天花板凿个洞也行，从三楼的公寓里进行射击，或者是二楼和他们相邻的八号公寓，也可以从那里进行射击。如此这般的犹豫不决持续了好几分钟。

"高乔人"只要一吸毒就会发誓要戒毒，那个瞬间，他觉得自己能戒掉，因为他已经暂时摆脱了对毒品的渴求，但如果他没有毒品，就无法戒毒，如果他没有毒品就不会想要戒毒，他就只想吸毒，只想搞到毒品。而更糟的是，此刻他突然意识到——他惊恐地听见了，就像是那些沉寂已久的该死的声音又卷土重来，并想要吓住他——他意识到如果他们继续被包围在这个地方，他们的毒品迟早也会耗尽。

"毒品，"他说道，"迟早会用完的，还剩多少，就好比我们现在在一艘失事船只上，得做好分配，有一次我看到一群人在荒岛上，每天用茶匙舀水喝，这样水才不会被一下子喝完。"

"用茶匙？舀水？喝？"

"就是喝茶用的那种。""高乔人"抬起手时，嘴巴噘得像个鸟喙。

"乌鸦"笑了，他一整晚都守在窗口未曾离开。"弗勒里诺"散落在地上的报纸上，他每隔一段时间就吃一粒药片，腾云驾雾。

该出去了，"高乔人"仿佛听到了一句神谕，"高乔人"多尔达听到了命令，像合唱一样在对他讲话，声音又不见了，几乎听不见了，因为开枪的时候没有人说话。

"你知道吗，'小男孩'？乱七八糟的事情一多那群婊子就不说话了，我就听不到了，就没了，但她们肯定会再来唠叨的。"

"我们有'麻叶儿'。"

"'麻叶儿'？"

"我以前住在巴西，傻子，我没告诉过你。巴西人管大麻叫'麻叶儿'……那些是从巴拉圭搞来的……是那个乡下姑娘给我的……她放在一个铁盒子里，就在厨房里。"

"小男孩"沿着房间里的隐形通道，匍匐着越过几扇门来到了厨房，他跌跌撞撞地走到碗柜旁，伸手进去掏出了铁盒子，闻到了哈希什的芳香。"蟑螂，蟑螂……""小男孩"又唱起了歌，"走不了啦，因为它缺腿啦，因为它断腿啦。"无线电报员罗克·佩雷斯，听到这栋大楼的某个角落里，有人在唱这首内战时期的墨西哥童谣。

"马桶都被淹了，你应该往这桶里撒尿，然后从窗口倒在警察头上……"

"你从哪儿弄来的叶子？"

"是那个小妓女的，她从巴拉圭弄来的。"

他们点了几根大麻烟，接着看起了电视。这块靠近出口的地方，子弹几乎打不到，而他们只要保持沉默，警察就会陷入紧张的情绪，开始放枪。

"你看，他们有一辆装甲运兵车，大概有上千人。"

黎明时分的蒙蒙细雨中，他们看见了军队、卡车、街沿上的记者，还有电视机屏幕上的波动的灰线。

"但他们不可能把我们弄出去的……他们必须来谈判。"

他们在等待马利托，也许他真的已经抓到了人质，某个贵族的小孩，而他突然间就会出现在电视屏幕上，要求警方释放他们。他要来把他们救出去，马利托要带着援兵过来。他们都是狠角色，从南里奥格兰德州来的巴西人。马利托是黑手党老大，是个极其聪明的疯子，他总是保持着距离，对大部分事情都置之不理，但对自己的手下很直爽，这家伙不会把他们留下受困的，因为他们只需举起对讲机的话筒说一句：我和马利托约好了在胡里奥大街十八号接头，就能把他拖下水。那个乡下姑娘应该能通知到他的，通知到马利托吗？他知道她在市集附近的旅馆里有个房间吗？那姑娘被全面监视着，他们在电视上见过她好几次了，一派胡言，还指控他们强奸她，她说谎歪曲事实，想让自己脱身。

"姑娘啊，""小男孩"对着电视屏幕里的女孩说道，"冷静啊，小姐，你别再说啦。"屏幕上的她直视着他，"小男孩"爬到房间角落，把"脑袋和身体"乐队的唱片放进了"温克"牌播放器。

如果我能找到一盒火柴，

我会把这家酒店烧掉。

"小男孩"和着《平行生活》的旋律唱了起来。

城市夜晚的声响和音乐声交织着，那个是梅勒雷斯的声音吗？是"三号"的声音吗？还是"二号"的？

"我小时候有一次掉到井里被困了四天，小虫子爬在我脸上，我不敢开口求救，因为我怕虫子钻进喉咙，最后是我的狗，它围着井口吠个不停，大家才把我救出来的。"

谁在说话？罗克·佩雷斯的想象空间越来越小，他现在并没有置身于那个操纵窃听设备的阁楼里，而是陷在了从那栋楼里传出的微乎其微的声音里，那声音里面夹杂着某些干扰，也因此连接着整座城市的灵魂。声音通过警方内部通道传出，因为警方在对讲门铃的线路网里装了多个麦克风（还是说只装了一个？只装了一个外置的麦克风吗？）他们本想将其用于追踪歌舞厅里的毒品的流通路径，现在却用来追踪这群恶棍的行踪。佩雷斯被派来当班十小时，因为那群布市佬还有个秘密，而警长们想在杀死他们之前搞清楚。也有声音从其他方向传来，他无法识别。或许是从过去传来的，无线电报员心想，也许是死人说的话通过错综复杂的下水道传过来，所以才能侦测出某间公寓里有两个老女人被困在厕所里聊天。

"圣母马利亚，天主之母，请为我们这些罪人祈祷……"

这些祷词是从哪里传来的？或许是从无线电报员自己脑海中传来的，或许是某个枪匪的声音，或许是某个邻居在祈祷。他录下了这些声音，而他身边有个人正试图在这片声音的丛林中寻找方向。他也被围住了，无法离开，他觉得自己像是战时的间谍，在日本军队后方发送着密信。这名乌拉圭警察——罗克·佩雷斯下士，职业无线电报员——深陷拉普拉塔河的这场战役中。如果枪匪们占领了这栋楼，如果他们在五米开外的阁楼里发现了他，肯定会对着他的脖子来上一枪，就地处决。

"这个国家没有死刑。"

"死刑……我不理解那种愿意束手就擒，然后坐在椅子上被警察弄死的白痴……"

"有时候，哪怕你不愿意，也可能会被抓住。"

"绝不。"

"瓦勒尔加被抓的时候，还睡着呢，他抓起贝雷塔手枪的时候被警察制服了，所以没法逃脱。"

"死刑有四种行刑方式：吊死，枪决，毒气，电椅。得过好久才能死掉，有时你得花一分钟，一分半钟才死得了……你屏住呼吸，想象一下。电椅是相当恶毒的一种：皮肤被烧焦以后，冒出来的烟味真是难以忘怀，闻起来就像烤肉。他们把电极放在头上和腿上，你看不到火光，只看得到皮肤颜色发生变化，它开始发紫，然后变成焦黑色。"

"那阿根廷的体制你知道吗？——朝你的蛋蛋打一枪。"

黎明时光渐渐过去，时间慢得让人心烦。气温下降，扰人的雨越下越大。双方乱枪交火还在继续，天亮的时候，极其严谨的警方已经成功地疏散了他们对门和楼下的住客，耗时两个小时。他们对着透气窗发起射击，掩护了这一行动。

消防队把巨大的梯子架到三楼阳台，住户们顺着梯子，背对大街往下爬，这些人都受了惊，他们在极度痛苦的局面中坚持了好几个小时。于是，脸色苍白的家庭主妇们充满恐惧地逃了下来，其中一人还要求在解救她的同时救出她的小狗，那是一条狮子狗，和主人一起坐在马尔多纳多大街的警车里。

"我的女儿和我，"根据贝莱斯夫人（对"雕刻电台"）所说，"我们一直躲在厨房角落里，水管里传来那群小伙子的叫声和笑声。警察像抓老鼠一样对付他们……这让我感到不安，你不能那样杀死一个基督徒。"

"我觉得他们已经都死了。"住在九号公寓旁的安图内斯先生说道，"因为已经有一段时间听不到那些笑声和叫声了。我们一切都好，但我们觉得自己刚刚经历了一场世界大战。"

相邻的公寓被清空后，警方便着手准备最后的进攻。他们首先下令断水，随即又切断了电源。然后，他们用上了闻名遐迩的"燃烧弹",空瓶子是从街角的酒吧里征收来的。这一招的目的是将其丢入九号公寓,以此制造火灾。而他们的努力又一次白费了,因为枪匪们裹着浸过水的浴巾,成功地在火势开始蔓延前将其扑灭。刹那间,阿根廷人的火力不仅没有被削弱,反而翻了番,警方则与他们交火,力图继续将其围困。

不管怎样,事已至此,枪匪们面临着非常关键的局面。警方占领了三号公寓(位于三楼,离九号公寓非常近),并从天窗处开辟了射击的全新角度,席尔瓦警长和一名老练的射手——来自抢劫与盗窃科的马里奥·马丁内斯中士——盘踞在这里,轮流使用汤普森冲锋枪,轮流给枪上膛。从这个缺口,有个小角度可以向九号公寓内的卧室射击,枪匪们也迅速发现了这一点。

上午八点,阿根廷人的点四五口径手枪依旧活跃,警方每每开火,他们就用冲锋枪报以回应。除了公寓里的一小块区域,他们已经被特种兵射手堵得寸步难行。

与此同时,十二区的特工阿兰谷伦(时年二十一岁,已婚,是两个孩子的父亲)和来自抢劫与盗窃科的胡里奥·C.安德拉达(一名二十五岁的青年男子)被派去掩护朝向走廊的公寓大门,那扇门距离枪匪们所在的那间公寓只有三米之遥。一名歹徒(多尔达)匍匐着爬到走廊上,透过隔壁公寓半敞的大门用机关枪狂扫。阿兰谷伦应声倒下,当即死亡,后来,人们从窗口把他抬出去,下到街道;

而便衣警察安德拉达也负伤了,他身穿棕色连体服,在隔壁公寓的厨房水池下躲了起来,逃得离罪犯们远远的。

最后,警方根据手头的公寓平面图想出了新办法——由消防员负责在九号公寓楼上钻孔,从天花板处对这群人发起进攻。

消防员在窗口架起了升降梯,精准地把几名警察送到了三楼。为了掩护该行动,他们从十一号公寓的天窗和透气窗发起了一轮射击,与此同时,另一批警察进入了位于贼窝正上方的十三号公寓。

上午十点,阿根廷人楼上的公寓里开始钻孔了,警方当时想往楼下喷射一氧化碳气体,便在楼上的公寓里用一把钢凿发疯似的忙活了起来。任务进展缓慢,他们随后向供电系统申请调派了压缩机,用来驱动电钻。

警方借助绞轮,把手持式凿岩机运上了楼,随后带到三楼的走廊上,他们脚下就是九号公寓某个卧室的天花板。

警察凿得热火朝天,没几分钟就把天花板凿出了一道裂缝。他们开枪射击,试图阻止警方的行动,却几乎没有注意到缝里透出的光。从透风的窗口传过来的猛烈攻势让他们无法调整位置去瞄准楼上的目标。

从那时起,留给他们的时间便屈指可数了。警方从裂缝里向他们投去装有汽油的瓶子,里面的棉芯已经被点燃。经事后证实,地板、物件、家具和衣服都着火了,现场的空气令人无法呼吸。

警方从裂缝处向枪匪们所在的公寓直接射击，并与十一号公寓内的警力联合发起双重进攻。

无休止的枪战让人精疲力竭，而枪手们在经历了可怕的交火后，又一次从公寓里出来了，他们跑到了二楼的走廊上。与此同时，底楼通往楼梯口的通道上还驻扎着两名警察，他们别无选择，只有冲向门厅才能吸到街上的新鲜空气。枪匪们边穿过走廊，边不停射击，他们射中了门槛旁的特工米格尔·米兰达，以及靠在墙上的另一位姓氏为洛查的特工。

楼外的警队见到又有一名同志倒地，便开始向前推进，但受伤的那名警察本人却转身向门口跑去并且随意射击，逼着枪匪们节节后退，同时把米兰达的尸体拖到了街上。

到处是群众的阵阵抗议声，多名警察请求在正对建筑物内部的位置安装一对冲锋枪，和这群顽固抵抗的匪徒做个了断。

席尔瓦和乌拉圭警官们所下的指令，是在最终进攻开始前把罪犯们拖垮。

多尔达和布里尼内像两个幽灵一样待在公寓里，他们用湿手帕捂住脸，以减少毒气的影响，然后又一次离开这个贼窝，冲出几米来到走廊上，一阵乱枪之后又退回公寓里。

远处传来了各种声响，夹杂着轻微的噪声，管道里的气流声，和某条狗无休止的吠叫声。梅勒雷斯靠在门框旁，正对着厨房的窗户，多尔达和布里尼内则一起坐在朝向大街的窗口下。

"我们在这里多久了？"

中午之后，新一轮的枪战开始了，而且从一开始就能看出罪犯们已经做好了一切准备。即使是死，也要杀人。现在的观点是，枪匪中至少有一人已经死亡或严重受伤。警方开始投掷自制的燃烧弹，并成功地把他们逼出了对着天窗的房间。于是其他警察趁势从多个角度进行射击，这场战役也就此达到了高潮。

几名男子打碎了胡里奥·埃雷拉大街一一八二号大楼旁的公寓窗口，并进入公寓，从另一个角度对着枪匪射击。与此同时，警方开始用电钻在他们隔壁的公寓里凿墙，他们在墙壁的低处凿孔，目的是贴着地面射击，让剩余的子弹发挥更大的作用。墙壁被凿穿的时候，从不放弃任何一个进攻点的罪犯们居然先开枪了，十二区的内尔森·奥诺里奥·冈萨尔维斯胸部受伤，随即从二楼阳台摔到了街上。他被送上了救护车，但在送医途中死去。

警方加大进攻火力，公寓里的人也用同样的方式回敬他们，但震耳欲聋的枪声持续了半小时后，枪匪们的火力慢慢减弱了，枪声越来越稀疏。人们猜测这是为了节省弹药，但事实并非如此——布里尼内和梅勒雷斯两人在交火十五个小时后已经负伤，逐渐失去了战斗下去的力气。

只有多尔达安然无恙，他不时用冲锋枪扫射，同时轮流照看两名伙伴。门外走廊上有一名警察，从窗口对他们开枪。

梅勒雷斯站起身来，想了结对面的狙击手，但他还没来得及开枪就被一阵子弹打得飞向了起居室。他并没有意识到，自己为了寻找射击角度已经步入了厨房，于是就被打死了，仿佛这个走向有光的窗口的举动让他离开了人间。

"小男孩"如此想着，他看到窗口的光，然后感到"乌鸦"背对着房门，仰面倒地。

"乌鸦。""小男孩"喊了他一声，但"乌鸦"已经死了。

布里尼内背靠着墙坐在地上，拿着冲锋枪向上扫射，因为警方还在用手持式凿岩机"钻"着洞，这响声让他犹如置身地狱，仿佛有列火车在脑袋里行驶着。

梅勒雷斯倒在了卧室旁，卧室顶上已经开了一条裂缝。楼外的警车和卡车里传出一名罪犯可能已经死亡的消息，然而由于他们所处的位置并非视线可即，信息仍有待证实。

布里尼内想让"高乔人"从门上的小窗往外射击，并且在角落里掩护他，好让他钻进厨房对着走廊开枪。他们已经放弃了被警方凿穿的客厅，手持式凿岩机把整幢大楼都震得嗡嗡作响。

警方连续投掷了若干个威力较小的手榴弹，但最后选择了一个火力非常大的，如果无法保证其具体落点，投掷行为本身便会充满危险。林肯·亨塔警长从连接着九号和十三号公寓的天窗投了进去，手榴弹落点精准，一声炸响，布里尼内只能逃向起居室，继而在浴室门口被乱枪打中。

他仰面倒在地上，睁大眼睛急促地呼吸着，毫无怨言，面容憔悴。"高乔人"低声嘟囔着，仿佛在说着某种奇怪的祷词，他左手拿着机关枪，匍匐着向"小男孩"爬去。

最后，多尔达来到了"小男孩"身边，把他拖到墙角，这里可以做掩护。他扶起他的身体，半裸着紧紧地抱着他。

他们凝视着彼此，"小男孩"快死了。"金毛高乔人"擦了擦他的脸，忍住不哭出来。

"我是不是把开枪打我的警察干掉了？"过了一会儿，"小男孩"问道。

"当然了，亲爱的。""高乔人"的声音听起来很平静，很温柔。

"小男孩"微笑着，而"金毛高乔人"像怀抱耶稣那样把他拥在怀中。"小男孩"费劲地把手伸进上衣口袋，掏出了一块卢汉圣母的吊牌。

"别放弃，马基托斯①。""小男孩"对他说道，他已经很久很久没用真名称呼他了，还用了昵称，仿佛需要被安慰的人是"高乔人"。

随后，"小男孩"稍稍舒展了身体，用胳膊肘支撑着自己，在他耳边轻声低语，没人能听到他说的话，那是句

---

① "马基托斯"是"马可斯"的昵称。

164

情话，毫无疑问，也许说了，也许没说出口，但"高乔人"能感受到，"小男孩"慢慢咽了气，高乔人亲吻了他。

两人一动不动地待了一会儿，身上都是血。公寓被一种绝对的静谧笼罩着，警察从裂缝处探出身来，迎接他们的是布里尼内尸体后方的多尔达，以及他的机关枪和嚎叫。

"来吧，臭婊子们，有本事就来吧……"

九

可能已经是下午了，公寓里一片狼藉，"高乔人"多尔达觉得自己十分清醒，他靠着墙，手里拿着一袋可卡因，他的人生路还没有走到尽头。外面警察数量之多让他大吃一惊，但他认为这是个好兆头。"他们如果是要来杀我，只用派一个人来就够了，也许派那个无赖席尔瓦来，又凶又懦弱的席尔瓦警长，他会独自一人来杀我。"他毫发无伤，露出了茫然的微笑，他倚着门框坐在地上，在布满水汽的光线中四处窥探，左手抚摸着他心爱的冲锋枪。没门，他还不想死，任何人，在任何时间，都不会想死；但他确实勇于就死，小时候就被一句话伤过，那句话在他脑海里留下了深深的烙印："你不会有好下场的。"而他现在被包围了，被隔绝在这个小洞穴里，被禁锢在死亡的循环里，在这间公寓里，动弹不得，勇于就死，他那已故母亲的话像祷词一样回旋着。

"你不会有好下场的。"

那意味着什么？被枪射死，被人伏击，被人背叛；那么他现在的下场可真不错，没人弄伤他，没人背叛他，也没人把他的手臂扭到身后。这些话太振奋人心了，他仿佛看到了一张照片，画面中是卡纽埃拉斯的露天酒吧，他被按在吧台上，手臂被扭到身后，然后是《纪事报》的封面新闻——《禽兽多尔达落网》。来吧，他说道，来吧，臭婊子们，他举起了手臂，绑上皮筋，寻找血管。

一切都无所谓了，他从窗口探出头，看看那群警察接下去准备干什么。他们在楼下像玩偶一样动来动去，躲在墙后，在午后的光景中，瞄准镜闪着光。罗德公园就在他们身后，再往远处就是河了。地上有鹅卵石，下面是排水管，巨型管道好似秘道，一直通向河边。从地下室逃跑吧，徒手挖条隧道出来，沿着管道逃到排水口，顺着铁梯往上爬，打开井盖就能呼吸到新鲜空气。那儿是村子里的教会学校，有树有农舍有高墙。上学去，你该去上学啦。他最先想到的是有双眼睛在看他睡觉，是监狱长"红脸"哈拉，他有只眼睛瞎了，变成了乳白色，他只殴打犯人们的身躯，这样一来就看不到明显的伤痕了。"高乔人"尿床了，他们逼他拿起床垫示众，他驮着床垫去太阳底下晒，别人都在嘲笑他，"高乔人"朝院子里走去，一滴眼泪都没流。但后来他们让他去洗澡，没错，水冲到脸上的时候可以哭，没人会知道他在流泪。别像个娘娘腔一样，多尔达，你可别做婊子，那个娘娘腔尿床啦，其他人都嘲笑他，他冲上前去，在地上和他们扭打成一团。上学去，母亲把他从人堆里拉了出来，她的语气有点奇怪，听上去像是在诅咒他，

"你该去上学啦。"已故的母亲对他说道,而他以为别人要对他的眼睛动刀,往眼睛里塞东西,他就再也见不到母亲的脸了,但接下来,渐渐地,他发现在农舍窗户里有一群女孩,大家从天花板或是从门上的小窗里偷窥她们被操,白皙的双腿悬在空中,是这群女学生让他来的吗?不可能。她们都是伊涅盖斯女士的学生,拂晓时分总在空荡荡的镇子里散步。山上的房子里没男人,老旧的围栏后面也没有,这群女人什么都得靠自己,唯一的杂役前不久也被辞退了,她们每个人都在玛利亚·胡安娜镇的车站后面卖淫。第一个和他好的姑娘是小露莎,她说起话来不像基督徒,她微笑着,说着一种奇怪的语言,里面夹杂着一些阿根廷语。帅小伙儿,给我一张卡纳里奥①吧,操我吧,亲爱的,她说这些话时的语气漫不经心,仿佛是在背诵梦里记下的单词。他和露莎是同类,两人都无法准确地表达自己的感受。他去看她,然后坐在她身边,看她抚摸自己的双腿,便把赚来的钱给了她,那钱也有可能是从农舍里、车站棚子里,还有那个土耳其人阿巴德的仓库里偷来的。他们一言不发,"高乔人"那时候大概十三四岁,不爱说话,他有一头金发、一双浅色的眼睛和一张扁得像饼干似的脸。有时候他能从脑海中的管道里听见小露莎的声音,像音乐一样美妙得不可言喻,她讲着外语,也叫他帅小伙儿,她还学

---

① 阿根廷旧货币单位,即面值为 100 比索的纸币,该纸币的流通时间为 1905 年—1940 年。

会了说"我的'金毛高乔人'"和其他温柔的情话，这一切仿佛是只有他们两人才听得懂的歌谣，藏在（"高乔人"的）内心深处。"高乔人"试着告诉她，心脏血管是呈树状分布的，血液滋养着藤蔓。她明白了吗？他试着告诉她的这些事情。她明白的是，他一直在找寻的那种能够帮灵魂取暖的爱情，没有女人可以给他。他也想告诉她类似的事情，比如他已故的母亲常听的歌，但总是说不出口。他事先排演过要对她说的话，但总是语塞。于是她便凝视着他，脸上带着微笑，仿佛她明白"高乔人"和别人不一样，他不是娘娘腔，他很阳刚，但他和别人不一样，镇上人说他是同性恋，但他不是娘娘腔。她赤身在床上涂脚指甲，丙酮的味道熏得他头晕，却又让他兴奋，他也想涂指甲油。他看着她，看着她脚趾间夹着的棉花，突然很想跪下，像亲吻处女一样亲她，但他做不到，只是在一旁忧伤地沉默着，露莎则时不时地对他微笑，说一些他无法理解的词语，或是用波兰语唱歌给他听。后来她挨到了他身边，"高乔人"便任由她时轻时重地爱抚，但他从没进入过她的身体，偶尔他也会爱抚小露莎，仿佛是在抚摸一个洋娃娃，或是"金毛高乔人"暗恋过的小姑娘。那是1957年或者1958年的事情了，他那时候已经开始携带武器，而她既不惊讶，也不害怕，对他放在桌上的巴勒斯特-莫林纳手枪[1]更

---

[1] 巴勒斯特-莫林纳手枪是阿根廷产的点四五口径手枪，没有握把保险。

是视而不见,在夜晚的灯光下继续温柔地讲着她自己的语言,仿佛在念诵祷词。然后呢?他记不得了,他已经进过两次感化院,但还没被送进过梅尔乔尔·罗梅罗精神病院,还没被电击和胰岛素搞得脑海里一片空白,还没被强迫变得和其他人一样。那个戴着圆眼镜、留着胡茬的本戈医生,是头一个说他得和其他人一样的。他让他去找个女人,组个家庭,因为"高乔人"天生就是个逃犯,他脾气不好,喜欢杀人,圣菲省内和边境岗上的人都怕他,也因为"高乔人"天生就喜欢男人,他喜欢那些泥瓦匠,喜欢那些黎明时分沿着溪流把牲口运到玛利亚·胡安娜镇另一头去的那些男人。他们把他带到桥洞里面,对他实施了鸡奸(这是本戈医生所使用的原词),他们对他实施鸡奸,他湮灭在屈辱与快感中,无比窘迫又无比解放。他总是如此超脱,如此愤怒,却又无法表达自己的感受,他脑袋里充斥着那些声音,一群女人建议他干这干那,唠叨个不停,给他下前后矛盾的命令,诅咒他,多尔达的脑子里只有女人的声音。所以,医院里的人试图给他注射药品,让他变成聋子,把他从鸡奸的罪孽里救出来。他笑了起来,因为他想到了自己看着那些泥瓦匠时的眼神,每逢收割季节,他都会和那群人还有其他农民同住好几个月,盛夏的太阳能把你的脑袋烧焦。直到那天下午,他们在仓库里玩掷球游戏,大家都有点醉意,开始欺负他,嘲笑他,捉弄他,"高乔人"说不出话,只得面带微笑,眼神放空。索托那个老家伙和他作对，不停地激怒他，"高乔人"最后不留情面地杀了他，索托喝得烂醉，骑在一头纯黑色的牛身上，但他的双脚晃来晃去，一直踩不到镫子，而"高乔人"掏出武器杀死了他，仿佛目的仅仅是让这荒唐的舞蹈停下。他是那张长长的名单上的第一名死者（根据本戈医生对"高乔人"的描述）。悲剧就此拉开了帷幕，"高乔人"从一个误入歧途的扒手，变成了一名杀手。他被送进了塞拉契卡监狱，那里只有面包和水，他一直被囚禁到全盘供认。那段时期的事情他都清楚地记得，并告诉了本戈医生，而后者把一切都记在了白色笔记本上。

"你再这样下去，是不会有好下场的，多尔达。"医生对他说道。

"我已经坏了，""金毛高乔人"不擅长自我表达，"我从小就一路坏着，我是个悲剧，医生，我讲不出来。"

他用手势表达自己的想法，但人们总是当面嘲笑他。于是他愤怒了，你是不会有好下场的，他那已故的母亲总是如此对他说。

而他的下场就是这个地方。和他死去的兄弟同处一室，手握机关枪瞄准外面的大街，街上挤满了要来杀他的便衣警察。他们会把我绑回塞拉契卡监狱的，我又要和那群智利人待在一起了。智利人太可怕了，他们待他和待牲口没有区别。我不要回那里去，谁都别想把我再弄进塞拉契卡监狱。他从窗口探出头去，"小男孩"躺在地上，指间夹着圣母吊牌。他能感受到他已经死了，这是唯一一个真爱过他、保护过他、尊重过他的人，"小男孩"布里尼内待他比手足更亲，比女人更好，当他说不出话的时候，"小男孩"总能理解，"高乔人"觉得自己无需表达，"小男孩"仿佛可以读懂他的思维，然而，他现在瘫在一旁，他看着他干净的脸庞，"小男孩"浑身是血，仰面朝天，死了。

他探出头看着街上，楼下被一种怪异的安详笼罩着。他听到楼上的警察有动静，好像在拖东西，好像在移动一块弯曲的铁板。

"来吧，臭婊子们。"他高声喝道，"我这儿还剩两大箱子弹呢。"

他还可以讲，但光想想就已经足够了，我还有一包毒品，一整袋可卡因，足够让我保持清醒了。他已经抵抗了这么久，也没人能把他们弄出去，上午不行，中午也不行。他把脸埋进口袋里深吸一口，瞬间满嘴清新，他解放了，这种舒畅的感觉让他眼前一亮，他觉得自己能够逃出去，能够活下去。

若要赴死，那也要多带些警察一起死，这是"小男孩"布里尼内和"金毛高乔人"之间心照不宣的誓言。他们用小刀在门框的一侧做了记号，每干倒一个臭警察就记一笔，但他记不清了，大约十个或者十二个吧。如果他有炸弹的话，他一定会把它系在皮带上，然后纵身一跃，大街上的警察都等着看他死，那就把他们也一起炸飞吧。

他们逼着警察冲锋陷阵,且拒绝投降,要对付这样的人,警察也没有经验。他们习惯了和废物们打交道,习惯了折磨你,习惯了把你绑在床上,把你电死。然而,如果对手不妥协,他们也不敢轻举妄动,两个小时过去了,依然没有人鼓起勇气往里冲。

"上来啊,席尔瓦,你这头顽固的猪。"

"高乔人"坚定的话语一说出口,整座城市都听得全神贯注,他的声音在一片寂静中犹如高高在上的天主之语,无比神圣。圣母马利亚,天主之母,在这濒死的时刻,请为我们的罪孽祈祷,阿门。他一口气说完了祷词,这句话是卡门嬷嬷教他说的,他在修女们开的孤儿院待过,学会了祷告,有时候"高乔人"为了驱走脑海里的声响,就一直祷告呀祷告,对圣母说着同一句话。

"我要牧师,"他说道,"我要忏悔。"

他们骑着马走进了一个庭院,有个女人拿着双管猎枪走出来,让他们讲礼貌。这回忆是从哪儿冒出来的?

"我有权申请牧师,我受洗过。"

外面传来了几声枪响,远处有人在说话。此刻,他十分平静,他知道便衣警察就在隔壁公寓里。他想起了那个拿枪的女人,那是他的母亲吗?但之后他什么也不记得了,一片空,一片白,一片虚无。这就是他的人生,早年在孤儿院的岁月无比清晰,但之后的事情一片模糊,然后他就和"小男孩"相遇了,他们每一天都吞云吐雾,那样的日子仿佛永远没有尽头。你在监狱里度日如年，但弹指之间就过了好几年，这话是谁说的？出狱后的日子他完全不记得了，然后就到了今天，他坐在窗边的地上，等着警察来杀他。

"高乔人"多尔达连祈祷的力气都没有了，可怜的人啊，他要葬身乌拉圭东岸共和国了。他那已故的父亲曾说过：我去过恩特雷里奥斯省和乌拉圭东岸共和国。他的父亲有个货车车队，每逢收割的季节就游走各方赚钱。

一阵微风吹过门上的小窗，房间里被烧焦的窗帘轻轻摇曳。朝向中庭的窗口下，躺着"小男孩"的尸体。他突然看到了自己的父亲，每晚骑着一匹有斑点的马驰骋而来。

"你想说什么，我的朋友……"

马儿们很快就习惯了收割机的马达声，如果植物很高，他们就会加大油门，马就会停下，当植物被清除掉一部分以后，马儿们便会继续前行。此刻，坦迪尔收割的场景清晰地浮现在他的脑海里，那个时候他十岁，或十一岁。人们飞速地把装谷物的袋子口缝上，每公顷产三十袋，时不时有人坐着平板车出来，因为匆忙间把衬衣下摆缝进了麻袋。袋口用丝线进行简单的交叉缝合，缝出个十字架。他一直没学会缝袋口，别人说他动作有点慢，但那不是真的，他讲话很费力，是因为有群女人在对他说话，他在和她们吵架。那些字眼也被粗线缝进了他的身体，他那已故的母亲所说的话，像刻在树干上的字一样成了文在他心里的刺青。

"回忆啊，像雷，像闪电，像光。"多尔达说道，"既来之,则安之。"

四周的一切都被毁了,断壁残垣,墙上的灰浆被打飞了,只剩下一根根房梁。卧室和起居室里散落着无数扁圆形的线缆,厕所和厨房的景象昭示着过去几个小时里双方交火之激烈。地上那些有腿的东西,已经认不出它们之前是什么家具了。

"他们要把我弄出去,混蛋黑警席尔瓦的手下们,天一黑他们就会来的……"

地上有两把点四五口径的手枪、一把 PAM 冲锋枪和一把点三八口径的左轮手枪,旁边两个东倒西歪的箱子里还有若干子弹——这是枪匪们的军火库,让身陷三百余名警察包围圈的他们抵抗了足足十五个小时。

他坐在地上笑了起来,声音回响在自己的脑海里,逐渐减弱,他又举枪扫射了一番,好让警察知道自己还没放弃。

警察准备等天黑以后沿着走廊来抓他。他们身着双排扣的西装,在镇上驾着双轮马车,把被铐起来的人送到车站。他们押送那个疯子安塞尔莫的时候,全镇人都跟在后头,他被送上了火车,坐的是二等车厢,两旁各坐着一名便衣警察,因为他割断了雇主的脖子,他是在拉布朗盖达区①行窃的时候被雇主发现的。他是一名美国逃犯,附近

---

① 拉布朗盖达区,位于乌拉圭蒙得维的亚的住宅区。

的村镇都在抓这个拦路强盗，最后在某个清晨，他在火车站旁的货仓里被发现了。雇主冲过来对着他一顿咒骂（"你这个臭狗屎美国佬"），于是安塞尔莫拿起短剑杀死了他。那时候多尔达大概几岁来着，十二三岁，所有记忆到那一刻戛然而止，之后什么都没了，脑海里的东西仿佛被人擦掉了，所有的事情在那一刻静止了，他只记得儿时的事情，之后什么都没了。美国佬安塞尔莫被人从黑色的双轮马车上带下来，在空无一人的皮拉火车站站台上，等待着从南部驶来的火车。疯子安塞尔莫两旁各有一名便衣警察，他穿着草编鞋和灰色风衣，因为他以前在邮局里工作，据说他拆别人的私信，还写信给女人，说要去看她们，要去强奸她们。这个迷信的家伙，好像只送那些带着坏消息的信。人们在他家里找到分类整齐的信件，而当他被发现时，他开枪逃跑了。从此以后他便开始在偏远之地干起偷窃和屠宰牲畜的勾当，还有强暴女性，多尔达记起来了，他靠在窗框边监视着楼下，监视着警察们在街上的一举一动。

逃犯被铐着，双手搭在身前的腰带上，但他的眼神十分傲慢，坏人和叛逆者的身份让他充满自豪。他看着铁轨，身边站着两名穿斗篷的小胡子警察，他们在抽烟，准备和他一起搭乘从布兰卡港驶来的火车前往拉普拉塔市。

"这就是你的下场。"那天晚上，已故的母亲对他说道。透过三号公寓的天窗，以及三楼隔壁公寓餐厅墙上的裂缝（这条裂缝正对着卧室），能看见墙边的梅勒雷斯，他"呈仰卧位"倒在了弹簧床上。从十一号公寓里能看见布里尼内的尸体横陈在厨房和客厅中间的位置——观察时得格外小心。不过还差一名杀手。

光线透过窗帘照进屋子，他手里的毒品还够撑两个小时。

"我要毒品。"他大喊道。

"王八蛋，投降吧。"这是他得到的回答。

透过隔壁公寓里的裂缝，能看见地上躺着两名枪匪的尸体，他们已经被子弹打得千疮百孔。其中一名枪匪的腿几乎贴到了门框上，仿佛在向人们讲述着他生前最后一次尝试冲出重围的故事。接下来在客厅兼餐厅区域中还有一具猩红色的尸体，正面朝上倒在血泊中，鲜血几乎染红了整个客厅地面。距他几厘米之处就是另一名枪匪的尸体，也被自己的血染红了。第一名枪匪身着蓝牛仔裤和白衬衫，身旁是他的武器——一把汤普森冲锋枪；第二名枪匪则穿着蓝裤子和棕衬衫。第三名枪匪背对窗户坐在一个墙洞里——那是多尔达。

便衣警察像耗子一样在楼道里窜动，一名牧师将前来给他祝福。

"不好意思，我再来吸一口可卡因，你们放马过来吧。"

为了以防万一，他在厕所窗户后面朝着裂缝里面开枪，警方没有反应。一名警察蹑手蹑脚地来到了走廊上，两秒以后就被机关枪打得千疮百孔，倒了下去。

房门摇摇欲坠，仿佛象征着死亡，而上千发子弹曾在这扇门后飞舞，走廊里尽是碎屑、烟雾、粉尘和血。

长期以来，他一直很受精神科医生的关注。这个天生的罪犯，从小就十分不幸，这样的死法是他罪有应得。他无法逃避自己的命运，他也会像安塞尔莫那般，被押送上南方铁路的二等车厢。他不喜欢农村，不喜欢平原的地貌，他会趁着大家午睡的时候爬上收割机，里面有个铁座位，上面有个小洞。收割机很高很难爬，座位下面有根杠杆用来刹车。他曾有幸骑过装备齐全的佩尔切隆马，身后的车厢是用生皮做的，他得用力拉扯马绳，车才会向前动。马跑到河边的时候，你可以在岸边有铁丝网的地方休息，原因有二——一来这里能看到道路的全景，再者小土丘里常有兔鼠窝，借助猎狗能把它们抓出来。

他到了巴拉卡斯市以后，住在一家旅馆里，但这件事他从未讲起过，也快忘光了。

那间放着双人床的卧室里已经空无一物了，在催泪弹爆炸和机关枪扫射之后，这里只剩下满地的碎木头。

血流满地。

这里仿佛刚刚被拆迁公司扫荡了一番，除了承重墙，其他的都被拆掉了。

警方倾向于观望，事到如今他们无法确定三名枪匪是已经自杀还是被门口的多次机关枪进攻射死了，也有可能是被他们从楼上天花板用电钻凿出的洞里丢的手榴弹炸死了。

武器在多尔达伸手可及的地方,他一边思考着如何战斗到最后,一边又吸了一小撮可卡因。

"小男孩",你还记得小时候在玻利瓦尔市,夏天上街找鸽子蛋的事情吗?他们在浑浊的湖水里游泳,用针把蛋壳戳破,咕嘟一口,把蛋液吸出来喝掉。

乡下已经什么都没有了,到处都是便衣警察。一幅幅画面闪过,一群持枪的家伙从卡车上下来。那些声音又在说他听不懂的事情了,那个装修过的房间里有个波兰姑娘,有时候那些声音说着和她一样甜美的话语。谁知道她想说什么,受了什么苦,可怜的女人,她那么漂亮,却是被人骗过来的,她以为自己要嫁给一个有地位的男人,却被关在船上带到了内陆地区,在伊涅盖斯女士(那个智利人)家里做苦工。她是个村姑,会做针线活和炖牛肉,人们把她带来,好让她在远离战争和饥荒的地方能组建一个家庭。有一次,他好像梦见,又好像听见有人说,能杀掉她就好了,他仿佛听见她在求他杀死她。他不想,也不愿意,他试图忘掉这个想法,但那声音像个虫子一样,"高乔人"闭上了双眼,那姑娘赤身裸体地坐在床边,红色的头发拖到腰际,而那声音像电波一样嗡嗡作响,让他杀死她,整个地区没人听得懂她说的语言,然而她对他倾诉着,请他拯救她,了结这被邻省的野蛮农民们("邻省的野蛮农民们")羞辱的生活,没人知道她其实是波兰公主,她已经无法忍受孤独和折磨("折磨"),而且她和女儿娜迪亚被拆散了,医生说她得了伤寒("伤寒"),随后带走了她。有人给了她一百比索,就把襁褓中的小女孩带走了,他们把她送上了一辆马车,让她在奇维尔科伊的一家妓院下了车(多尔达对本戈医生说)。那个被禁锢的波兰女人说的话好似密码,而"高乔人"都听懂了。她说自己是被一辆马车带来圣菲省的,收割的时节就和雇工们在一起工作生活,现在她住在一间特别的房子里,因为黑人们喜欢她,因为她有欧洲人的肤色,但她不想活了,她任由"高乔人"抚摸着自己的肌肤,伺候着她,公主的眼睛看着镜子里的裸体,哀求"高乔人"把她杀了,而他听从了这温柔的命令,从靴子里拿出了贝雷塔手枪,瞄准了她,她的脸上霎时流露出恐惧的表情,这让"高乔人"无法忘怀,她或许是在惊慌中度过了生命的最后时刻,这个信念在他脑海里留下了烙印,就像那些自杀的人会后悔、会想活下去一样,她赤裸着,红色的头发披在背后,他抬起了手,就这样,她一脸慈悲和惊恐,被"高乔人"打爆了头。

于是他被送进了疯人院,大家对他拳打脚踢,给他注射镇定剂,剂量大到可以把马弄晕,喂他吃药,把他变成了活死人,他的每一根骨头都在痛,只能成天躺在床上。他杀了手无寸铁的女性,是个谋杀犯。他穿着拘束衣,和其他疯子关在一起,他们谈战争和彩票,他则静静地思考,静静地听声音,也有小露莎的声音,求他杀死她,一天下午，有个疯子——"疯子"加尔韦斯，拿着一把弯头剪刀冲进医疗站抢劫，随后他释放了所有愤怒的疯子，让他们逃跑。那是一九六三年的圣诞节，大家都忙于庆祝活动，"高乔人"在戈内特上了火车，坐到宪法站下了车。他开始睡在车站里，也就是在那里，他认识了"小男孩"，后者从银海市来到这里，行李箱里装着从赌场赢来的战利品，随后他就看到了一张熟悉的面孔。他们小时候都进过巴坦的少管所，随后布里尼内带着他同居了。他一直记得，"小男孩"高兴地从站台上走来，手里拖着行李，仿佛在寻找着他，而"高乔人"当时在站台的另一头，在墙边的长凳上躺着，"小男孩"走过来对他说："我认识你，你是从圣菲省来的，你是'金毛高乔人'，我们一起在巴坦待过。"

"高乔人"当时记不得那些事情了，但当他在清晨的薄雾中看到那张优雅而快乐的脸庞时，他确信那一定是真的，车站的灯光在"小男孩"身后，他看起来像极了基督。

席尔瓦警长设法偷偷地跑上了二楼，那里的房门已经被毁了，他冲进去用机关枪对着各个方向狂扫。最后一名枪匪，"高乔人"多尔达，摇摇晃晃地站了起来，他已经"完蛋了"，费劲地用机关枪射击，但没有命中目标，他太虚弱了，而且下午的光让他感觉席尔瓦似乎过于遥远了。于是他倒在了地上，像是失眠一宿的人终于合眼睡觉了。

各种防御措施就位之后，警方逐渐向他逼近，并证实了躺在地上的两名枪匪（"乌鸦"梅勒雷斯和"小男孩"布里尼内）已经被打死了，另一名枪匪则身负重伤，挣扎在死亡边缘。

不久后，人们听到警方指挥官下令停火，因为枪匪已经无法继续抵抗。从那名警察所在的位置观察，其中一名罪犯的腿就在离门很近的地方。

当记者从战斗现场进入公寓的时候，他眼前所见是名副其实的但丁地狱——除此之外没有任何字眼能够形容这个景象。公寓被鲜血淹没，这三个人居然能如此决绝英勇，简直不可思议。多尔达仍然活着，他背靠在已经被毁掉的床架上，怀抱着"小男孩"，仿佛抱着一只玩具娃娃。

两名医护人员进来抬起了伤员，他依然面带微笑，瞪大双眼，喃喃低语，说话含糊不清。当他们把多尔达抬下楼梯的时候，好奇的街坊们和警察们冲上前去猛揍他，打得他失去了知觉。基督式的人物——《世界报》的记者如此记录道——这孩子是个替罪羔羊，这白痴替所有人吃苦。

当警察们得知有一名枪匪是活着从楼里出来的时候，他们之间也爆发了一场骚动。他们高喊着"凶手""他该死"，一窝蜂地冲向担架，殴打那个垂死的人。

多尔达出现了，他浑身是血，骨头断了，暴露在外，眼睛受伤，腹部裂开，然而还活着。面对这一幕，所有人一言不发，呆若木鸡。人群把担架围得水泄不通，无法前行。

他是这群恶棍里第一个出来示众的，他还活着，这群人已经英勇地战斗了十六个小时。一具脆弱的躯体，长得像个拳击手，一个牺牲品，当人们看见他的时候，憎恶的浪潮澎湃而起，而当有人对他砸下第一拳的时候，世界仿佛崩塌了，仇恨就此决堤。

所有的怒火都被发泄在这个可悲的人身上了，局面几乎失控。

约有四五名警察和记者用武器和相机打了他，受伤的枪匪在血泊中一息尚存，仿佛面带微笑，口中念念有词。圣母马利亚，天主之母，请为我们这些罪人祈祷，"高乔人"背诵起了祷词。他看到了教区里的教堂，牧师在等着他。也许，他如果能够忏悔的话，便能获得救赎，便至少能够解释清楚，他之所以杀了那个红头发的女人，是因为脑海里的声音告诉他，她不想活了。但他现在还想活下去。他还想和赤裸着的"小男孩"在一起，在某个荒僻的乡下旅馆里相拥在床上。

愤怒的人将他包围，几百号人高喊着，就连午后惹人心烦的阳光都希望他死。

"杀了他！……现在就杀了他！……杀了他！"

人们从未见过类似的事情，当时有人将其解释为因罪犯们造成了恐怖的破坏、残忍地无视社会和法律而引发的集体性失控行为。

复仇的欲望也许是人类在受伤时脑海中迸出的第一个火花，而它正飞速地在人群中蔓延开，他们推搡着他，几百名形形色色的男女叫嚣着要复仇。

警方封锁线已经没用了，拳打脚踢、吐痰、咒骂如暴雨般落向多尔达鲜血淋漓的身体。

后来，他从人群中被抬上了救护车，送往马西埃医院。下午两点十五分，救护车载着他，却被人群淹没。

接着，阿根廷警方长官发言，他的声音像一杯油一样浇下并在情绪激动的人群中流动。

他要求大家保持冷静，要求大家理解司法工作，要求大家为死去的人进行深刻的默哀。

"最后一拳是我打的。"席尔瓦说道。

他对着人群，在下午昏暗的光线中，举起了沾着血的右拳。

席尔瓦警长的眼泪夺眶而出，沿着他的圆脸滑落，泪水，混着汗水，还有午后的热气、依旧懒洋洋地悬在树冠上的催泪气体、今天上午在公寓门口丧命的两名警察的鲜血的酸味……

公共卫生系统的救护车沿着卡内洛内斯大街逆行向南行驶，全速开往马西埃医院。他们杀不死我，刚才不能，以后也不能。他感到自己的嘴唇在流血，腹部也被撕开，他的视线模糊了，但还是看到了下午的亮光。我的母亲一直都知道，注定没人懂我，也从来没人懂过我，但有时候，我讨得了一些人的喜欢。哦，爸爸说过，那声音听起来像是来自远处的回音，那匹有斑点的马会来带我走的。那时候我就和"小男孩"布里尼内团聚了,在开阔的农田里,在麦地里,在宁静的夜里。救护车的警笛声渐渐远去,车子在埃雷拉大街转弯的时候他便失去了知觉,马路上也终于空无一人。

后　记

1

　　这本小说讲述了一段真实的历史，一宗在警方记录中已经被遗忘的小案件；但于我而言，在一番调查后，它让我感受到一个传奇故事所散发出的光芒和惆怅。故事于一九六五年九月二十七日至十一月六日期间发生，跨越两座城市（布宜诺斯艾利斯和蒙得维的亚），我所做的记录，忠于其连贯性，并（尽量）还原彼时主人公及证人的语言风格。虽然本书中的对话或所传达出的想法并未与事发时完全一致，但对于人物言行的重构均基于真实资料。我在全书中试图以统一的文风和（布莱希特所谓的）"隐喻的姿态"，呈现以非法暴力为主题的社会题材故事。

　　基于情节需要，本书采用了大量文献资料，也就是说，若直接资料无法证明其真实性，我便倾向于将其删除。这便解释了本书中的谜团（奇幻时刻）——团伙头目恩里克·马里奥·马利托的离奇消失，没有人确切知道围剿行动开始后的几个小时内他的行踪。关于他的下场有好几种假设，而我尊重主人公们所编织的阴谋。

有人说，当歹徒们更换"斯图贝克"牌轿车车牌之举惊动警方时，他已经乘着"希尔曼"牌轿车离开了马尔马拉哈大街，他在警匪对峙前便脱离了该帮派。他本应与布里尼内第二天见面，但随着行动失败与警方封锁，两人断了联系。更为可信的说法认为，尽管马利托孤立无援，但他仍成功地逃回了布宜诺斯艾利斯，最后于一九六九年在弗洛雷斯塔被枪杀。最为离奇的版本是，警方抵达时，他正好从房顶逃脱，在储水箱中躲了两天，最后逃至巴拉圭，以化名（据称为阿尼巴尔·斯托克）在亚松森居住至其于一九八二年死亡（死因为癌症）。

另一方面，"高乔人"多尔达康复后被引渡到布宜诺斯艾利斯，第二年在卡塞罗斯市监狱的一场囚犯叛乱中被杀（据悉，他死于一名卧底警察之手）。一九六六年一月至二月，多尔达在（乌拉圭）就医及服刑，其间，布宜诺斯艾利斯的《世界报》对他进行了采访，并于一九六六年三月十四日及十五日刊登了多尔达的部分证词。我得以参阅多尔达的审讯记录，其中包括案件档案和精神科医生阿马德奥·本戈的报告。感谢友人——一审检察官阿尼巴尔·雷耶纳尔，让我得以查阅并记录这些资料；蒙得维的亚第十二司法区的检察官内尔森·萨西亚博士允许我对证词和法院卷宗进行研究，他的帮助具有极大的意义，我因此了解了玛格丽特·塔伊波、"南多"埃吉林和亚曼度·雷蒙德·阿塞韦多等人的证词；布宜诺斯艾利斯的劳尔·阿纳亚律师让我查阅了布兰卡·加莱亚诺、丰坦·雷耶斯、卡洛斯·尼诺及其他涉案罪犯的审讯记录；我还得以参阅卡耶塔诺·席尔瓦警长在内部调查审讯中的申辩和声明，警方当时怀疑他可能受贿（此案已停止审理）。

本书另一重要信息来源，是警方在埃雷拉-奥贝斯街的公寓内获得的窃听记录，感谢萨西亚博士开具的意见书，令我能够研究这些机密资料。一九六五年十一月，蒙得维的亚《前进》周刊刊登了卡洛斯·M.古蒂雷斯对乌拉圭无线电报员罗克·佩雷斯的深度采访，后者是当时窃听技术控制的负责人。

当然，我也查阅了该时期的报章档案，尤其是布宜诺斯艾利斯的《纪事报》《号角报》《民族报》《真理报》，以及蒙得维的亚的《每日报》《行动报》《国家报》和《辩论报》。其中，署名为E.R.的阿根廷日报《世界报》的特派员为劫案所做的现场全程记录尤为重要。本书中所叙述的事发经过均自由取材于上述资料，这是重构案情不可或缺的资料。

感谢我的雕塑家朋友卡洛斯·博卡尔多，埃雷拉-奥贝斯街事件发生时他身处蒙得维的亚，他慷慨地提供了一系列推断与资料，助我编写出故事的不同版本。

2

（如同所有非虚构类作品的情节一样）我与书中所讲述

的故事的首次接触纯属偶然。当时为一九六六年三月底或四月初，某个下午，我在一列驶向玻利维亚的火车上结识了布兰卡·加莱亚诺，即在各类报道中被称为枪匪"乌鸦"梅勒雷斯的"情妇"的那位。她时年十六岁，但看起来像一位三十岁的女性，当时正在逃亡。她对我讲述了一个离奇至极的故事，而我半信半疑，认为她的目的是让我请她在餐车吃饭（而我确实请了）。在为期两天的漫长旅途中，她告诉我，自己刚出狱；此前，她因与圣费尔南多银行劫案的强盗帮派有牵连，已经被关了六个月，而她将逃亡至拉巴斯生活。她首次对我提及这个混乱的故事时，我依稀记得自己在几个月前的报纸中见过相关报道。

那个女孩所谈及的歹徒，使她领略了别样的生活，他在英勇抵抗了十五个小时后伤痕累累地死去了，这激发了我对于该故事的兴趣。"有大概三百个警察，但是他们顽强抵抗，没人能把他们弄出来。""小女孩"的言辞听上去充满敌意，像是人们在讲述落败时常使用的那些言辞。"小女孩"未完成中学学业，（我在与她共同旅行期间证实）她曾对可卡因上瘾，自称是一名法官的女儿，且发誓自己已经怀有"乌鸦"的孩子。她对我谈及"双胞胎"，谈及"小男孩"布里尼内、"高乔人"多尔达、马利托和"罗圈腿"巴赞，让我仿佛聆听到了一个阿根廷版本的希腊悲剧故事。英雄们决意直面困境，奋起抵抗，选择死亡的最终命运。

由于要前往亚维市参加圣周的游行活动，我于胡胡伊省圣萨尔瓦多市下车。火车需停靠半小时换轨,她便同我一起下车。我们在站台旁的一个酒吧饮过巴西啤酒后道别。之后,"小女孩"独自继续前往拉巴斯,我再未见过她。我记得自己在火车上、在车站以及稍后在宾馆都曾对她所讲述的故事做笔记(因为我当时认为,作家无论身在何处都应携带笔记本),并在不久后(一九六八年或一九六九年)开始调查,写下了本书的第一个版本。

于我而言,某些故事之所以发生多年后才得以被讲述,之所以需要时间,其缘由或许是个谜。一九七〇年,我放弃了调查工作,将草稿和资料寄送至兄弟家。而前不久的一次搬家过程中,我发现了装有手稿和文件的箱子,那些便是初步调查结果和本书的第一稿。一九九五年夏天,我开始尝试重新创作一部完全忠于事件真相的小说。案中的事件已过于久远和费解,仿佛是生活中一段失落的记忆。三十多年后,我几乎将其遗忘,一切对我而言都是全新的,几乎陌生的。那种距离感让故事得以通过一种记梦的方式呈现出来。

于我而言,那场梦始于一个场景。而我亦希望以记忆中的场景来结束本书,在记忆中,那个女孩在驶向玻利维亚的火车上,把脸探出车窗严肃地注视着我,没有致意的神情,无比平静,而我则在空无一人的车站站台上驻足看着她远去。

一九九七年七月二十五日于布宜诺斯艾利斯

Ricardo Piglia
Plata quemada
Copyright © Heirs of Ricardo Piglia
c/o Schavelzon Graham Agencia Literaria
www.schavelzongraham.com
Simplified Chinese edition copyright © 2024 Archipel Press

图字:09-2024-0026号

图书在版编目(CIP)数据

烈焰焚币/(阿根廷)里卡多·皮格利亚著;吴娴
敏译. —上海:上海译文出版社,2024.4
书名原文:Plata quemada
ISBN 978-7-5327-9501-7

Ⅰ.①烈… Ⅱ.①里… ②吴… Ⅲ.①长篇小说-阿
根廷-现代 Ⅳ.①I783.45

中国国家版本馆 CIP 数据核字(2024)第 050388 号

烈焰焚币
[阿根廷] 里卡多·皮格利亚 著 吴娴敏 译
特约策划/彭伦 责任编辑/刘岁月 封面设计/山川制本 workshop

上海译文出版社有限公司出版、发行
网址:www.yiwen.com.cn
200001 上海市闵行区号景路 159 弄 B 座
常熟市文化印刷有限公司印刷

开本 850×1168 1/32 印张 6.25 插页 2 字数 92,000
2024 年 4 月第 1 版 2024 年 4 月第 1 次印刷
印数:0,001—6,000 册

ISBN 978-7-5327-9501-7/I·5944
定价:62.00 元

本书中文简体字专有出版权归本社独家所有,非经本社同意不得转载、摘编或复制
如有质量问题,请与承印厂质量科联系。T: 0512-52219025